IK INK INK INK INK INK INK
INK INK INK INK INK INK IN
IK INK INK INK INK INK INK
INK INK INK INK INK INK IN
IK INK INK INK INK INK INK
INK INK INK INK INK INK IN
K INK INK INK INK INK INK
INK INK INK INK INK INK IN
K INK INK INK INK INK INK
INK INK INK INK INK INK IN
K INK INK INK INK INK INK
INK INK INK INK INK INK IN
K INK INK INK INK INK INK
INK INK INK INK INK INK IN
K INK INK INK INK INK INK
INK INK INK INK INK INK IN
K INK INK INK INK INK INK
INK INK INK INK INK INK IN
K INK INK INK INK INK INK
INK INK INK INK INK INK IN
K INK INK INK INK INK INK
INK INK INK INK INK INK IN
K INK INK INK INK INK INK
INK INK INK INK INK INK IN

People 5

陳菊・台灣菊

台灣最後的情義

張麗伽　著

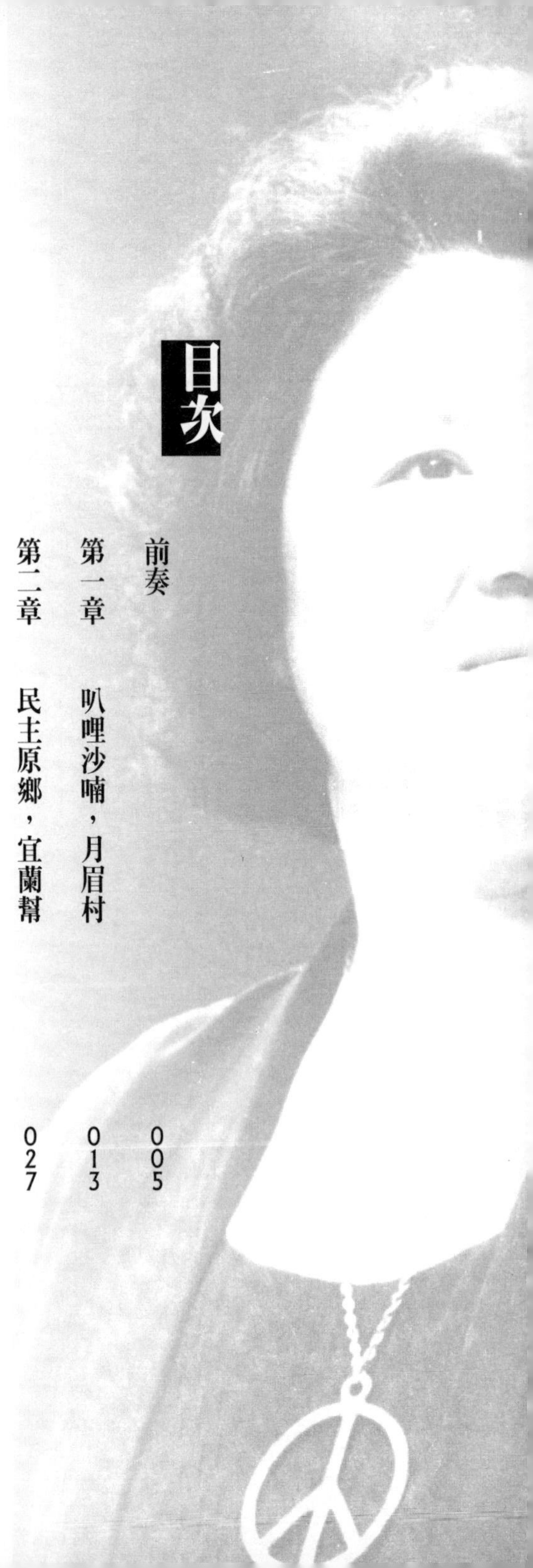

目次

前奏

穿著一襲白底綠紋外衣，陳菊正式獲得民主進步黨提名參選高雄市長。那天，是二〇〇六年六月二十八日，緊緊與她併肩攜手的，是接受徵召出征台北市長的謝長廷，以及黨主席游錫堃、行政院長蘇貞昌。

走過黨內初選的一波三折，生性豁達的陳菊臉上沒有陰霾，她感性訴說，在民進黨最艱困的時候，願意與謝長廷歡喜承擔：「北高兩市都由創黨黨員參選，代表民主進步黨長久以來，始終堅持清廉、勤政、愛鄉土的創黨價值。創黨價值是民主進步黨前進的動力、也是民主進步黨對台灣人民永遠的許諾。」

飄搖民進黨形象的最新導火線，是原本與這個政黨沒有太多關聯的總統親家趙玉柱及女婿趙建銘，以他們捲入台開疑案的事件爲開端，彷彿打開潘朵拉的盒子，政治風暴不斷向上擴大，進而重創陳水扁總統與民進黨。

陳總統與民進黨的民調向下探底。在陳菊的選區高雄，民進黨支持度創下二十％的新低，僅有國民黨的一半。

「知我者謂我心憂；不知我者謂我何求。」對陳菊而言，民主理想與清廉不是選舉口號，而是長久以來守護的價值與信仰。然而，綠營支持者信心備受挫折的此刻，即使是像她這樣的人，也難以倖免於無謂的流言攻擊。

似乎看不到盡頭的更大考驗是，與民進黨漸行漸遠的前主席施明德，大動作發起倒扁運動。

共同歷經高雄美麗島事件的政治黑牢，陳菊對「老哥」施明德的革命情誼永遠不變，但是她認爲現今的台灣不需要革命，也不贊成施明德將拉下阿扁當成革命，因爲，多年來他們共同打拚的，是挑戰國民黨高壓的極權制度、催生台灣的民主，不是在這塊土地上製造更大的仇恨。

然而，她也站出來苦勸民進黨公職不要帶著群眾反制施明德，「民眾有憤怒的權利，讓民眾有權利表達憤怒，正是我們當年就算坐牢也要堅持的目標。民進黨現在要反省，就應該從坦然面對民眾的憤怒開始。」

這是民進黨艱難的時刻，也是陳菊必須再一次展現勇氣與智慧的時刻。或許，面對嚴酷的考驗與挑戰，原本就是陳菊生命的常態，只是年代與場景不斷轉換而已。

十九歲開始

如今被暱稱爲「菊姊」的她，彷彿回到還是「阿菊」的那個十九歲的午後，徘徊紅樓附近西門町電影街的一家書店裡，看似青春無憂，其實，並不是在享受休閒的時光。還在世新念書的她，已經是黨外省議員郭雨新的祕書，正在焦急等待日本友人三宅清子的出現。

確定沒有被跟蹤，她們交換了一個眼神，迅速走出門外。藉著擁擠人潮的掩護，陳菊保管的政治犯資料，在路人不知不覺之中，轉到三宅清子手裡，隨即輾轉送往國外的人權團體。那是批評國民黨就會被特務監視逮捕、關入黑牢拷打摧殘的年代，兩個國籍不同的女子，冒著政治風險，聯手救援台灣政治犯，讓國際社會的目光，關注到這個長久戒嚴的島嶼。

沒有掌聲、沒有鎂光燈，只有靠著人道關懷產生的行動力量。陳菊成爲專業人權工作者的歷程裡，這是個小小的開場白。

又彷彿，她回到一九七五年郭雨新競選立法委員的故鄉宜蘭，帶著一群大學生爲他散發傳單，吳乃仁、林正杰、田秋堇、范巽綠等十多名新生代，在黨外民主運動初次登場；投票那天，有個瘦弱的台大學生，還因爲檢舉作票被毆打了，他的名字，叫做邱義仁，後來成爲反對運動的謀略家，遍歷府院黨及國安會等四大祕書長。

那個夜晚，宜蘭開出高達八萬張的「廢票」，郭雨新高票落選，將近兩萬人跟隨他步行市區，狂熱而激憤地吶喊出民主的聲浪。

陳菊的思緒，飄向一九七九年十二月十日的高雄街頭。夜幕低垂，她跟施明德等人各自拿著一個火把，映照原本幽暗的街景、越聚越多的人群，在國際人權日展開民主大遊行。想不到，鎮暴部隊隨後發動攻擊，國民黨並且在幾天後進行大逮捕，演變成震驚國內外的美麗島事件。

在新店安坑的調查處，她經歷三個月偵訊，被恐嚇必定判處死刑、逼迫她寫下遺書。這段往事，讓她的心再度刺痛起來，種種的酷刑，將人的尊嚴與生命踐踏碎裂；但是，她咬咬牙，將自己一片片撿起來，又拼了回去。

在美麗島軍法大審，她判刑十二年，坐牢六年又兩個月。

高舉的手勢有著陳菊緊握不放的理想與關懷。

她看到一九八六年二月的自己，剛剛出獄，台灣人權促進會為她舉辦歡迎會。想要自己搭火車回宜蘭老家，她卻在火車站的新建築之前，一度茫然不知所措。

明明還在假釋，她不顧危險，加入建黨十人祕密小組，九月二十八日，由一百多人發起的民主進步黨在台北圓山飯店敦睦廳正式宣布成立。她想起十一月十日在台北市金華國中的「民主進步黨新黨之夜」，深夜一點多了，她陪著創黨黨主席江鵬堅等人回到現場，將支持者留下來的垃圾收拾乾淨。

這是新生的政黨，他們要進化向來草莽的黨外，從此給人民不一樣的感受。

街頭衝撞的艱辛、政治黑牢的苦楚、社會力量的釋放、人民意志的展現，翻閱泛黃的照片記錄，陳菊的腦海快速閃過當年的種種。她想著，自己何其有幸，在生命裡最菁華的三十年，與民主運動的脈絡緊緊扣連，從黨外到組黨、從抗爭到執政；理想的前行，雖然坎坷，卻是甘甜而雋永。

時光推向一九九四年，這是民進黨與陳菊蛻變的一年。「有夢最美，希望相隨」的陳水扁當選台北市長，她幾經掙扎，轉換在野的步調，應邀進入體制擔任社會局長。原本，她想當個永遠的民間人權工作者，但執政的責任在召喚她，她必須以政策驗證自己的理想。

那幾年，從台北市再到高雄市政府，她站立的位置，同樣都在守護弱勢者的社福前線。

繽紛彩帶飄飄的那個勝利夜晚，二〇〇〇年總統大選，民生東路的扁呂競選總部，支持者的喜極而泣的畫面，似乎在陳菊的眼前重現。政黨輪替、政權首度和平轉移，他們將肩負更大的中央執政使命。

與內政部長擦身而過，她接掌勞委會。這一接，就是五年多。

執政的確不易，但陳菊總是奮力朝著改革的方向。多次獲得內閣閣員施政滿意度第一名肯定的她，終於實現最大的夢想，建構完成社會安全網的關鍵支柱，在二〇〇五年七月一日，推動確保勞動者老年生活的勞工退休新制正式上路。

她差點以爲，這將是完美的句點。在一次私下的場合，謝揆甚至詢問她，有沒有意願在九月轉任內政部長。

不料，高雄捷運泰勞遭受迫害的抗爭事件爆發了。堅持人權信仰的她，震驚沉痛，主動請辭勞委會主委職務，負起政治責任。

無人能夠預料，泰勞抗爭事件背後的政治密碼不斷被放大解讀，眞眞假假、假假眞眞，透過爆料編織猶如清朝紅頂商人胡雪巖式的政商祕聞，鋪天蓋地衝著民進黨而來。

看似單純的外勞抗爭個案，牽扯陳水扁總統親信的前總統府副祕書長陳哲男等人。爭議越滾越大，府院高層被綿密政商關係的重重疑雲纏繞，終至舉步維艱。

社會竊竊私語著，曾經相信民進黨改革誠意的時刻似乎漸漸消逝，可能被另一種藍所取代。

民進黨內部，高雄市長黨內選舉效應也提前發酵，同志相疑的暗影如同水銀，悄悄伏流潛動。

當時，她多麼想要告訴同黨的兄弟姊妹們，「我們應該如此相互提醒：權力競逐的過程雖不能免，但是最重要的，是我們要一起堅持最純粹的理想初衷。」

民進黨艱難的時刻，陳菊執戈迎風而戰，也懇求人民給予民進黨鼓勵與力量，讓民進黨重生再起。

她注視著十九歲的自己，十九歲的陳菊也注視著她。從政的道路，每每行經幽谷或險阻，年少時期守護至今的理想與信仰，卻是她從來不願輕言放棄的最美的時光。

第一章 叭哩沙喃，月眉村

陳菊出生的農家，在宜蘭縣三星鄉月眉村。那是一九五〇年，六月十日。

三星，位於蘭陽平原沖積扇西端的扇頂處，原本是平埔族噶瑪蘭人聚居的叭哩沙喃社，稱爲「叭哩沙喃」，古名「番婆洲」的月眉村，正是全縣地理中心。朋友戲稱，家族世居「番婆洲」，難怪她成爲國民黨政府頭痛不已的「番婆」人物。

小時候，當家的阿公是全家重心。「我們是非常標準的台灣農村家庭，父祖那輩都很傳統。像我五個姑姑，從小送給人家當童養媳，兩個伯母跟我母親也是幼年抱養來的。我媽媽大概六個月左右就抱來了，因爲她年紀跟我的一個姑姑差不多，兩家就是交換來養，長大再成親，以前的社會就是如此。」

陳菊祖父那一輩，陳家只是小小佃農，最大願望就是要擁有很多自己的土地，經過克勤克儉的努力，這個夢想後來也慢慢實現了。到了陳菊這一代，她的家族擁有的農田差不多十五、六甲，大家都忙於農務，家事由未曾分家的各房輪流負責，例如這五天是大房，接下來依序由二房、三房接手，一家大大小小有三十人左右，吃飯都要開好幾桌。陳菊在這樣的大家庭長大，從小就要學會跟眾人共處，「那麼龐大的家族能夠長期維持和諧，第一是阿公的公平領導很重要，第二是每個人都要學會忍讓，我就是在這個環境之中長大。」

陳菊說，從小，父母就耳提面命他們要懂得「忍讓」，如果堂兄弟姊妹吵架，大人一定先罵自己的孩子，有委曲回去再說。年幼的她，當時覺得沒什麼道理，因爲那些衝突並不是她的錯！但是媽媽會告訴她，這是做人的道理。

「我的父母，是無法形容的善良。爸爸當年被徵召到南洋菲律賓去當日本兵，後來，他告訴我，每次軍隊上岸突襲殺人，他都不敢動手，而有些殺了很多人的人則是沒有回來。似乎，他就是用這樣的故事來教育我。」

陳菊上頭有個大姊，就是高雄市民進黨立委李昆澤的母親，出生在父親陳阿土被徵召遠赴南洋之前。陳阿土從南洋歷劫歸來，才生了陳菊，所以她跟大姊相差七、八歲，底下還有陳武進等兩個弟弟、一個妹妹。

如同許多傳統台灣農家，陳菊家族也是重男輕女的。經濟環境改善之後，她的阿公認爲，家裡的查甫囝仔、陳菊的堂兄們讀書是很自然的，但是年紀稍大一點的堂姊仍然沒有辦法升學。所幸，到了陳菊成長的階段，阿公與長輩們都比較開化了，一切往更好的方向發展，她也有了公平的讀書機會，成爲大家族裡第一個上初中的女孩子。

天性好公義

陳菊的學業成績中等，沒有特別好，也沒有特別壞。不過，她似乎從小就有打抱不平的脾性，例如看到伯母指責媳婦，總會忍不住替堂嫂講話；左鄰右舍的媳婦看起來很可憐的，她好像都會特別同情她們；到陳家幫忙的人，如果工作中受到責備，她覺得不太公平，也會主動向阿伯據理力爭。

陳菊的母親曾經形容，這個囡仔從小就有「外交命」，結交形形色色的朋友，像個大人似的與他們問答。她總是奇怪，陳菊哪裡去認識這麼些人。

三星距離泰雅族聚居的大同鄉很近，彼此常有往來，讓陳菊很早就與原住民結緣。每到農耕季節，陳家將多餘的秧苗賣給泰雅原住民，他們再揹回去插秧耕種，「他們當年還有黥面，很容易分辨。我記得很清楚，那時會向爸爸說，不要跟他們收錢啦，不曉得爲什麼，爸爸跟他們收錢，我就是不以爲然，心裡覺得我們剩下的秧苗當然應該送別人啊。但爸爸解釋說，他是以很便宜的價錢賣給他們的，因爲如果用送的，反而不會被珍惜。這些點點滴滴，從小就讓我看到原住民生活跟我們的不同。」

陳菊跟榮民也有緣分。「我們那裡有一個退輔會的三星農場，農場裡有一位跟我阿伯關係很好的榮民王老先生，我們都叫他老王。老王來台灣的時候，大概帶了一些値錢的東西，經濟上其實不算太差，但是他很照顧另一個已經娶妻的榮民同鄉，那個人後來好像騙走老王的錢。看到老王的忠厚老實，我們的家族跟他更親近了，而一直沒有結婚的老王也非常和善，很疼惜小孩，經常來幫忙我們。」

「我還記得，農忙時期，老王多多少少都會來我們的土地幫忙。老王不會講台語，我的父母跟阿伯又只會講台語跟日語，很奇妙，他們還是可以用彼此聽得懂的方式對話溝通著。台灣農村其實是包容性很大的社群，這就是我很小的時候看到的，人性良善的、非常美好的經驗。」

修女的影響

不過，陳菊家族畢竟是非常保守的，除了台灣農村的傳統信仰，幾代都沒有人接觸過其他的宗教。陳菊讀高中的時候，看到修女、神父的工作令人感動，對他們很好奇，這件事在她的家族變成不得了的大事，長輩難以置信她怎麼會想要去「吃教」？想去信仰別的宗教？在陳菊的家族裡，即使是現在看來很平常的這件事，也讓他們相當震驚。

有一段時間，因爲擔心陳菊可能偷偷到教會做禮拜，家人乾脆禁止她在星期天出門。「但我好像有點叛逆，你越是禁止的事情，我越會去做，因爲我覺得那根本沒什麼呀。我不是那麼乖，外表看來，我跟一般小孩沒什麼不同，也會乖乖幫忙家事、對父母不會有太強烈的反抗，但我的內心，好像還是有點叛逆的。」

高中時代接觸修女，對陳菊的一生影響很大。剛開始，他們都是週六去教會操場，因爲有團契，大家可以進去打球；隔著一條馬路，馬路右邊是操場、教堂，左邊是修道院。後來，她對修女的興趣遠超過打球，經常跑去找一位隸屬天主教靈醫會、羅東聖母醫院的潘文四修女。每週大概有兩三天，潘修女到醫院看久病、重病而被家屬放棄或是在垂死邊緣掙扎的重症患者，陳菊經常跟隨她。有時候，隔兩三週再去，那位病人卻已經在太平間了。

「修女問我會不會害怕？我那時沒有所謂怕不怕，對生生死死的感受還沒有那麼深刻，不過，我對那些人非常同情、對修女非常佩服。當時，我也沒有想過要不要當修女，只是很感動她們爲什麼永遠可以輕聲細語？重病的人看到她們來，眼睛就爲之一亮；修女安慰他們看起來臉色有多好多好，讓垂死的人對生命還有熱望，然後握著他們的手，給他們許多安慰。家人可能遺棄他們，社會可能放棄他們，但修女卻永遠讓他們懷抱生命的希望。」

「當年，我的家人不一定了解，因爲他們沒有親近過台灣傳統之外的宗教，就覺得我很大膽。爲了跟隨修女，我只好背著家人，表面上說要去圖書館，其實沒讀什麼正書。然而，親眼目睹她們緊握臨終病患的雙手，那分對生命的憐憫、對不幸者的關愛，我的內心眞的感受很深。」

「所有的生命，都不應該被放棄，這就是我從修女那裡建立的信念。」

幼時目睹的生命經驗

感受力敏銳的陳菊，從小就觀察到，有錢人跟沒錢人家的小孩，有著天淵之別。陳菊的家庭算是小康，至少吃飯沒問題，但是，很會讀書的陳菊童年好友，小學畢業之後，才十三、四歲，卻被阿嬤賣到華西街五年。當時的台灣農村，貧窮人家的女孩子被賣、從事色情行業，時有所聞，這樣的例子，陳菊認識的就有兩三個，她本來也不知道她們在做什麼，但這種事情在鄉下是瞞不了人的，左右鄰居後來總會以輕蔑的語氣，談論著某某人家女兒去「賺」的傳聞。

陳菊的兩個小學同班同學，就是這樣不見了，家人說她們到台北吃頭路，但是這些家庭的經濟明顯改善，她們返鄉的穿著打扮也往往與一般人不同，鄰里之間自有評斷。「那位童友好友，曾經寫過卡片，我還有印象，卡片的地址是華西街。一直到後來、後來的後來，許許多多年之後，在從事原住民雛妓救援運動的時候，我才猛然想起，啊，原來華西街是代表這個意思。」

被賣的好友，每年大概只能返回宜蘭故鄉一次，通常是除夕當天下午才回到家裡。「我騎著腳踏車到她家去，看到她坐在灶腳，距離年夜飯的時間很近，不能逗留太久，去了就是短短數語招呼著說，妳回來了，兩人匆匆忙忙見面，好像成了那幾年的慣例。我們從小就很要好，除了我，她似乎也不太願意見其他人。小孩子哪知道什麼是妓女，剛開始，別人耳語說她在『賺』，我也不眞正清楚究竟是什麼意思；等到比較大了，約略知道她的經歷，更加不會在她面前談論，只是很同情她。」

「同學的遭遇，讓我覺得，這個世界眞的不公平。辛苦的人家，必須要販賣女兒，像我的同學要出賣她的青春，負擔全家的經濟重擔，拚命力爭上游才能走出陰影。另一個同學也是爲了家計被賣掉，父母很歉疚，但是一點辦法也沒有。」

「到華西街參與救援雛妓活動的時候，我非常不忍。原來，我的童年玩伴，就是在這樣的環境裡生活了五年、被蹂躪了五年。」

傳統農村生活看到的點點滴滴，灌注在陳菊的潛意識裡，對她後來的人生產生很大的影響。「有的人在政治家庭長大，很早就知道政治權力要怎麼玩。但我看到的生命經驗，卻是完全不一樣的。」

陳菊說，父母對她的最大期待，其實是希望她當個小學老師，而小學老師對陳菊的影響也很深遠。

陳菊沒有讀過幼稚園，進到學校，ㄅㄆㄇㄈ都要從頭開始，幸而小學一年級的老師黃淑媛非常善待學生，讓她有著美好的學習開端。「她是福建人，兒子是我的同班同學。以前，過年過節回宜蘭，我都會帶著媽媽做的粿去看黃老師，媽媽在三星也經常遇到她。後來，因爲子女都在台北，她也搬到台北市的萬芳社區。幾年前去看她，她已經有失智症的徵兆，一下子記得我，一下子又不太認得了。」

小學六年級的時候，黃老師的先生、在學校擔任教導的王主任突然被抓了，罪名是「匪諜」，出賣他的，是陳菊小學四五年級老師的先生、調查局三星調查站的主任，他的女兒，也是陳菊的同班同學。因爲王主任的同學被抓，把他們組織讀書會的事情供了出來，情治單位就把王主任抓去，一兩個月之後放回來，人已經差不多了，只剩下半條命。

「自始至終，黃老師都沒有告訴我或子女，王主任當年是如何被打的，想必就是遭到灌水刑求，肝都壞了吧。現在，我的眼睛閉起來，彷彿還可以看到，當年三星國小的禮堂，被抬回來的王主任躺在那裡，肚子鼓脹起來。老師的宿舍就在禮堂旁邊，回來沒多久，王主任就過世了，就放在禮堂裡，用一塊白布蓋著，肚子好鼓、好鼓。」

「那時候我是小孩子，多麼好奇、淘氣，偷偷窺看那樣的景象，卻不知道他等於是被刑求致死的。依稀記得，那個三星調查站主任的女兒，曾經悄悄問過我，知不知道我們這裡有匪諜？但王主任究竟遇到什麼事，沒有人敢公開講，只能竊竊私語著。」

「直到高中畢業，我因爲擔任郭雨新先生的祕書，漸漸知道什麼是政治犯，想起當年的情景，才恍然大悟他們受到什麼樣的人生境遇，才知道那種痛、那是多麼殘酷的過程。長大之後，跟你所了解的事實連在一起，往往會發現，或許，小時候不知道那麼多，反而是一種

上：少年陳菊與雷震合影。
下：陳菊與田秋堇（右）在宜蘭的果園採菊。

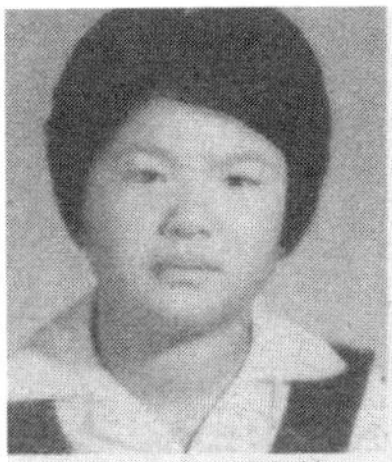

• 小學時期的陳菊，充滿了幻想

• 初中時期的陳菊也迷瓊瑤小說

• 高中時期的陳菊開始看李敖的書及文星雜誌

• 擔任郭雨新的秘書改變了陳菊的一生

腳踏式的摩托車是陳菊年輕時常用的交通工具。

幸福。」

「生命的過程，總是有一些斷斷續續的經驗，但未來會走什麼樣的路、做什麼樣的思考、有什麼樣的判斷，絕對跟你生命的記憶串連在一起。修女對我的影響、小學老師的影響、小學老師家人遭遇的影響、小學同學對我的影響，點點滴滴。有時候，若干不公道、不公平的事件，你本來不知道影響這麼大，但是，後來當你了解更多的時候，那些事情卻變得更爲鮮明了。」

「正因爲有了那些過去，所以，我的成長才有了這樣的未來。」

與小學老師職業絕緣

人生的功課，對陳菊的吸引力遠勝於課本，第一次考大學，不夠專心苦讀的陳菊終究落榜了。同年的堂兄弟，有一個考上逢甲、一個在文化，他們從小在一起的朋友也上了中興，讓她覺得很羨慕，心裡也難免有點沮喪。所幸，在小學老師遊說下，父母同意讓她重考，她也在隔年考上世新的圖書資訊科。

還沒正式到世新註冊就讀之前，陳菊曾經到小學代課兩個月，時間雖然短暫，天生的熱情，已足夠讓這位二十歲不到的年輕老師與小朋友打成一片，但這段經歷，後來卻導致讓陳菊終生難忘的事件。

大約是暑假，農曆七月半左右，她與堂妹、從台北到宜蘭遊玩的一位輔大朋友，帶著她的三個代課學生出遊。當時，小朋友差不多是二、三年級，其中還有一對雙胞胎，很開心的跟隨她出去玩，出發前，小孩的阿嬤說，「老師，現在是七月，最好不要去水邊。」陳菊也向她保證，絕對不會去玩水。

原本準備到五峰旗瀑布的他們，因為阿嬤的叮嚀，臨時決定更改行程去武荖坑，陳菊提醒大家，今天絕對不能游泳。然而，到了武荖坑，堂妹與輔大的朋友怎麼忍得住，直說不能不玩水，小朋友也懇求說，「我就在妳旁邊，妳可以看得到我。」陳菊覺得，禁止他們玩水，好像很可憐，於是只好同意他們。

盯著、盯著，陳菊突然發現，有個學生竟然浮浮沉沉，她嚇得差點昏死過去，旁邊七嘴八舌說，「小孩子淹死了，快把他抓起來！」一拉上來，孩子的臉都黑掉了，大家急著做人工呼吸，一直做、一直做、一直做，直到他喉頭「嘓」的一下，水吐出來了，然後「哈」的唉了一聲，臉色才慢慢恢復正常。

旁邊的人喊著，「老師，活了、活了，」但陳菊還是快要昏了。「心緒很亂，當時想到的是，這個世界，原來有許多好心卻無法得到好結果的事情。我簡直不敢相信，嚇呆了，這個衝擊有夠大的。我是一片好意，可是如果今天送回去的是一具孩子的屍體，我可能終身遺憾，不知如何面對他父母、他的阿嬤。我想，自己不是壞人，卻害得孩子差點死去，又活過來，我不知道應該謝謝誰，要謝天嗎？」

「那一刻的感覺，就是叫天天不應，冥冥之中，也不知有什麼樣的力量。如果孩子就這麼出事救不回來，我後來的人生絕對不一樣了，可能終生虧欠，從此改變我的人生。但我似乎覺得，因爲我的良善、認眞，我是個好人，在那一剎那的時間裡，似乎有權利要求，我不應該受到那樣的對待。」

「回去之後，我根本不敢講，孩子也不敢講，這個祕密，直到現在都沒有告訴過家人。這個責任太大了，即使最後孩子沒事，我們也一定會被罵死了。我眞的受到很大的驚嚇，明明是三個大人照顧三個小孩，居然還是沒辦法防範意外。後來，每次看到老師要帶小孩去哪裡，就覺得他們很好膽，也很同情老師，因爲小孩往往是無法控制的。」

這個事件，讓陳菊與小學老師的職業絕緣。

暑假結束的時刻，她選擇了，責任更艱鉅的人生。

第二章 民主原鄉，宜蘭幫

陳菊的政治起跑點，從黨外民主聖地的宜蘭出發，政治座標被劃歸爲「宜蘭幫」。

在政壇上，「宜蘭幫」象徵的向來不是一個地理名詞，而是一種核心價值。蔣渭水、郭雨新等前輩爲蘭陽子弟樹立的精神標竿，就是公義、清廉、不向威權屈服，無形凝聚「宜蘭幫」的能量。

從在野到執政之路，陳菊都被視爲深具「宜蘭幫」特質。

陳菊說，「宜蘭幫向來傳賢不傳子，直到現在，我們沒有像其他地區的家族政治現象，堅持繼承宜蘭精神、讓大家認同的人，自然而然成爲接班人。最早，是大家敬愛的蔣渭水先生，他的精神影響宜蘭子弟，傳給仕紳郭雨新，郭先生將台灣民主的香火再傳給林義雄。」

「有人說，宜蘭人的性格，就像宜蘭的地理環境，三面環山、一面靠海，到宜蘭的交通很艱困，艱難環境長大的人比較強韌、不容易屈服。又像宜蘭的特產糕渣，用雞肉熬得濃稠稠的，切一切、再油炸過，表面看起來是軟軟的，可是如果有人想一口氣直接吞進去，就會被燙傷。宜蘭人正是如此，千萬不要以爲好欺負、想要輕易將宜蘭人吃下去。」

郭雨新的祕書

懷著祕密的那個暑假結束，陳菊歡喜成爲大專新鮮人。然而，世新是私立學校，家裡爲她的註冊費及北上生活費愁煩得不得了。

有位鄰居「鱸鰻伯」，是黨外省議員郭雨新在三星的支持者，於是引介她到郭雨新身邊擔任祕書，在台北市農安街的辦公室協助整理省議會資料、回覆請願信件。

經常爲農民呼籲奔走的郭雨新，深受包括陳菊家族在內的宜蘭農家敬重，「每年農曆過年，他都會送農民曆給大家，所以宜蘭人都稱呼他『春牛圖的郭雨新』，即使三歲小孩都知道他的名字。」

那年，陳菊十九歲，年少天眞的她，從此進入一個原本無從想像的世界。

郭雨新歷經臨時省議會到台灣省議會，爲台灣人爭取政治權利，縱橫議壇長達二十五年。他對土地的熱情及對民主理想的堅持，深深影響了陳菊，締造她一生的命運，「如果沒有當年郭先生的啓蒙，就沒有今日的我。」

「台灣民主運動的香火，因爲郭先生而得以延續。我們可以看到，台灣老一代重要的領導者，高玉樹在某種程度跟國民黨妥協，吳三連先生因爲牽涉到台獨運動而棄政從商，郭雨新先生則是始終如一。他是溫和的仕紳，不過，在重要的階段，卻從來沒有放棄原則。」

「其實，在那時候，只要郭先生稍微轉一個彎，就可以有太多太多的利益。我很佩服的是，他清楚知道自己所背負的責任，如果連他都可以因爲壓迫而轉彎，台灣就會變得沒有典範，好像台灣人很沒用，在威脅利誘之下，一個一個倒下了，後代的人沒有典範可以追隨，將是我們歷史的悲哀。爲了台灣民主的堅持、保持一個反對運動的黨外風骨，郭先生當時承受了很大的壓力跟痛苦。」

命運的機緣，看似偶然，其實源自於陳菊執著與充滿正義感的性格。面對伴隨這分工作而來的政治壓迫與淬鍊，換成尋常農家女子，可能早就驚慌逃離了。然而，從十九歲開始，陳菊追隨郭雨新長達十年，即使因爲美麗島事件入獄，依然全力投入民主工作的行列。

歷經三十多年風風雨雨，陳菊迄今未曾猶豫遲疑。回首往事，她總是說，「我是一個很簡單的人，一生只做了一次選擇，而且從不反悔。」

陳菊的震撼教育，發生在擔任郭雨新祕書的第一個星期。她無意間發現，郭先生的座車遭到特務跟蹤，簡直氣急敗壞。想不到，郭雨新笑笑告訴她，被跟蹤已經很久了，惟恐她驚恐，所以暫時沒有讓她知道。

他反問陳菊，害不害怕？

陳菊回答，不怕。

她還記得，當時，郭先生拍了拍她的肩膀說，「強將手下無弱兵」，他的祕書，應該有擔當的勇氣。

情治人員跟監，對純樸的農村家庭猶如天方夜譚，陳菊並沒有讓父母知道，追隨在郭雨新身邊竟然有這樣的危險。後來，郭雨新回宜蘭過年，順道拜訪陳菊的父母，熱情待客的陳爸爸，看到有一輛車子在門外守候著，渾然不知那是跟監的情治人員，還一度想邀請「郭先生的隨員」一起進門吃飯呢。

「從二年級開始，我在郭先生旁邊，漸漸引起情治人員注意。我在學校很沉默，因為，一開始就被郭先生告誡，電話是錄音的，他也吩咐，盡量不要麻煩別人。如果跟人家交往，不知道哪一天會不會牽連到他，於是我必須時時警惕著自己，不要害到別人。」

「十九歲，我就要學會隱藏許多事情。因爲，郭先生總是叮嚀著，萬一被抓了，應該要如何如何應對，這件事要如何答覆、那件事又要怎麼交代，絕絕對對不能牽扯到圈內的人，我們處理事情的過程，都必須先推演那樣的情境。」

「處在那樣的政治環境中，我們必須絕對忠誠，保護他不能受到傷害。因爲，稍一不愼，就可能傷害到郭先生或是其他的民主前輩們，所以我們都是小心翼翼的。看看別人的成長經驗，我實在是可憐多了。」

「從現在的角度來看，我其實沒有年輕過。在那個年代，我還只是一個猴囝子，並沒有眞正面對什麼有形的迫害，但是，那樣的氛圍、那樣的環境，讓我必須非常早熟、敏銳、敏感，才不會出岔。」

「現在想想，眞的是可憐。才二十左右，必須比四、五十歲的人還要謹愼老練。似乎，從青年時期，我就有著中年的負擔與沉重。」

結識律師林義雄

一九七五年，郭雨新參選增額立委，由於國民黨以種種手段操控選舉，宜蘭縣「廢票」

高達八萬張，讓他淪爲「落選頭」。這場悲壯的選戰，對台灣民主運動具有重大影響，爲郭雨新打選舉訴訟的律師，正是林義雄。

「當時，林義雄是在台北當律師的優秀宜蘭囝仔。我印象非常深刻，郭先生在選舉過程受到很大的攻擊，軍方公然替對手的邱永聰助選，在南方澳演講會場，甚至有人穿著軍服出來發傳單，小小的傳單印著幾句聯，說郭雨新的小孩去北京如何如何，我很氣憤的告訴林義雄，他們怎麼可以如此造謠！」

「結果，義雄兄卻平靜地回答，本來就是如此啊，如果不是如此，我們大家回家睡覺就好了。他的意思是，現實如果不是這麼無理與不公平，那就天下太平，我們都不必打拚了。對於那種不合理，他輕鬆以對，與當年的我有很大的不同。」

「這場選舉的不公平，以及後續的選舉訴訟，後來出版《虎落平陽》留下完整過程。在台灣選舉史，這本書是重要的歷史的記錄，敘述國民黨如何公然作票舞弊買票，現在的人，可能根本無法想像理解怎麼會有那樣的時代。」

「因爲這場選舉，以及後續的選舉官司，大家跟義雄兄開始有比較多往來，認識他的家庭、認識那對雙胞胎。因爲助選而結識的一群年輕人，常去林義雄的家，雙胞胎的若干宜蘭腔口音的講話好可愛，例如講洗身軀說成『洗分殊』，沒有人聽得懂，大家就故意一直笑他們、逗弄他們。」

林義雄後來接郭雨新的班，當選台灣省議員，成爲「宜蘭幫」的新領袖。然而，一九八〇年二月二十八日的林宅血案，卻讓林母及那對可愛的雙胞胎女兒不幸遇害，至今眞相難明。

「在從政的過程裡，義雄兄付出最慘烈的代價，但是他依然堅定。一九九八年，他參選民進黨主席，大部分的人也未必那麼支持他，當時，他在高雄南台灣的競選辦公室，設在李昆澤住的地方，幾台破電腦，忙進忙出的就是李昆澤、范雲等幾個年輕的小鬼頭而已，跟其他候選人的大陣仗有天壤之別。我還對昆澤說，拜託，你那個屋子髒亂得要命，昆澤笑著回答，麻雀雖小，功能無限。」

「黨員投票的時候，我們一直去點頭、握手，最後義雄兄眞的高票當選了。可以看出，當年民進黨自主黨員的可愛。」

然而，深受陳菊及民進黨基層敬重的林義雄，最後離開民進黨。「宜蘭幫」，彷彿走入雙叉路。

冰凍三尺，非一日之寒，引爆點卻是二〇〇五年十二月的縣市長「三合一」選舉。

選前最後一夜，陳菊還在台北縣搶救阿扁嫡系的羅文嘉，投票日再風塵僕僕奔回屏東縣，她負責輔選的曹啓鴻不負眾望，爲民進黨穩住台灣最南端的底盤。馬英九領軍的泛藍陣營卻跨過濁水溪，在全國二十三縣市拿下十六席縣市長，空前慘敗的民進黨由九席銳減爲六席，僅僅贏得雲林縣、嘉義縣、台南縣、台南市、高雄縣、屏東縣。

民進黨主席蘇貞昌以「老縣長」身分親自督軍的台北縣輸掉將近二十萬票，執政十六年的綠地再度易幟；被民進黨視爲「民主聖地」的陳菊故鄉宜蘭縣、深具指標意義的嘉義市，也結束長達二十四年的綠色優勢，成爲國民黨的戰利品。

長期參與民主運動的宜蘭縣長劉守成岳母「田媽媽」，在民進黨中央流淚說，那麼多民進黨候選人用心、努力卻不能勝選，「黑狗偷吃，卻打白狗抵帳，很多支持者因此不去投票……」她痛哭的身影，令心有戚戚焉的人們動容，民進黨黨內即將掀起的風風雨雨，則是呼之欲出了。

心疼老縣長陳定南

這樣的選戰結果，讓陳菊心情低迷，腦海裡不斷浮現陳定南的影子。一九八一年，三十八歲的陳定南當選宜蘭縣第一位黨外縣長，如今再披戰袍卻遭遇重挫，對陳菊造成很大的震撼。

「老兵最後一戰，不一定是陳定南最初的選擇，但是許多人勸說，北宜高速公路通車之後，將有不一樣的宜蘭，希望他返回故鄉去支撐這次的重要選舉，他也認爲，當年所建立的宜蘭價值、長期施政作爲的嚴謹，回去應該會受到人民的擁抱，基於對宜蘭的熱愛，最後決定投入選戰。」

「然而，當整個大環境的激化、某些個人的作爲，讓代表民進黨不再是一種光榮時，陳定南成爲最直接的受害者。看到他被媒體、耳語、對手扭曲得幾乎整個人不成人樣，看到他盡可能身段放軟、仍然選得非常辛苦，我們的內心有幾分淒涼。」

「有人說歡迎他回來，然而，當他回來時，各界的思考又是什麼？世代交替的質疑背後，有著權力支配的影子。有人說要接班，但這是相對的，不是有人想要接班、有人願不願意交棒，而是選民要問，你們有沒有替自己的接班做好最充分的準備？」

「這個社會對人的基本評價、印象經常來自於媒體，如果媒體不是中道力量或公正第四權，任何人在這個過程之中，都會被嚴重扭曲。就像陳定南的性格被認爲龜毛，事實上，正因爲他一絲不苟的性格，才有可能創造高品質施政的政績，在宜蘭看到筆直的道路、宜蘭羅東運動公園、冬山河，大家都忘記了，正因爲他有這樣的性格、這樣的要求，才能創造出來的成績，他一絲不苟、要求完美的性格，這些年卻反而頻頻遭到取笑、被當成笑話，社會的是非又在哪裡?以陳定南這樣的一個人，選戰的最後兩天必須斷聲力竭爲自己的清白辯護，這是很大的悲哀。」

她看其他民進黨縣市長候選人的落敗，亦復如是。「任何政治工作者都必須公開在人民面前受到檢驗，每個人也必須爲他的作爲負完全責任，但是我們要問，檢驗的標準、公平性在哪裡?每個人、每個政黨都應該還他本來面目，不是他的，也不應該加諸在他的身上，今天卻有許許多多的事情相當混亂、混淆。我們尊重人民的選擇，但這是眞正的選擇嗎?還是，你已經將他塗了許多顏色，對他非常不公平?」

或許，陳菊眞正難以釋懷的，就是公不公平。她關心的，不是權力分配或是政治版圖，而是從過去的黨外到民進黨，歷經那麼長久的努力才有執政機會，背負著很多前輩的期待與責任，應該趕快將能夠做的事情一件件做好。民進黨執政至今，她自認爲了實踐理想戰鬥不懈，然而，面對人民檢驗的時刻，即使是其他少數人的不當行爲，整個黨都必須概括承受。以她自己堅持的道路與努力，對照如今人民對民進黨的評價、選舉的結果，讓她覺得，自己好像蠻寂寞的。

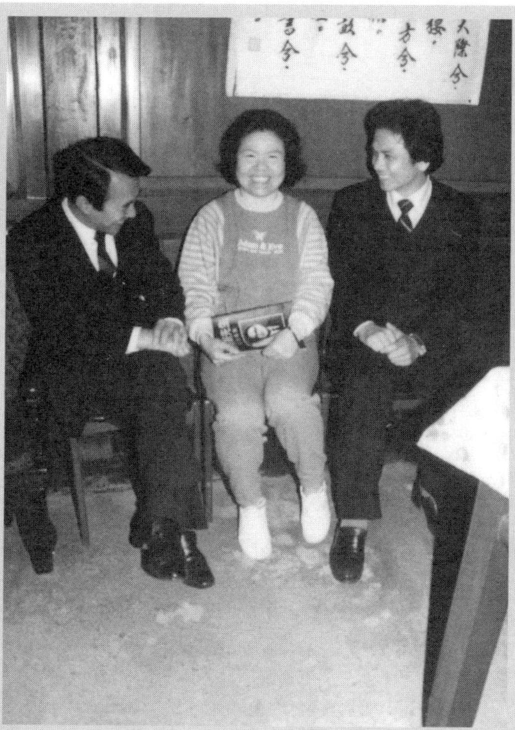

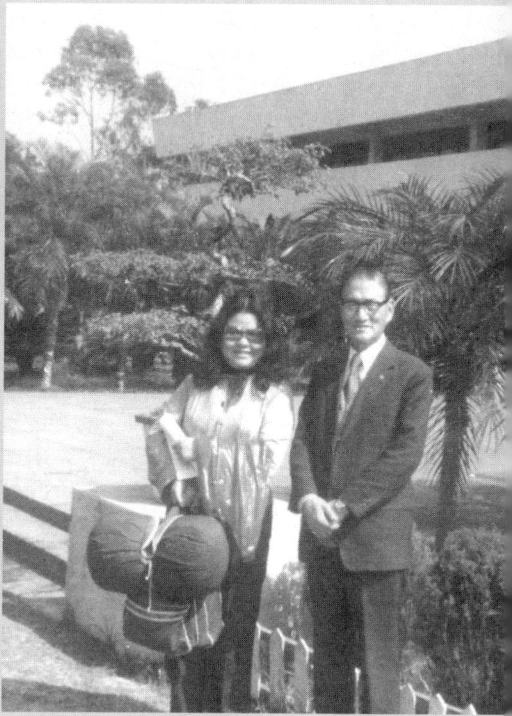

右：陳菊與政治啟蒙恩師郭雨新合影。

左：一九八六年二月四日出獄當天，陳菊回到故鄉宜蘭，與縣長陳定南（左）、省議員游錫堃（右）合影。

下：陳菊赴美國，與林義雄全家合影。

黨主席補選

爲了負責，蘇貞昌辭卸黨主席職務。林義雄鼓勵連任失利的彰化縣長翁金珠參與黨主席補選，卻嚴厲批判同爲「宜蘭幫」的另一位候選人游錫堃。結果正如外界所預期的，被視爲足以貫徹阿扁意志的游錫堃出線，翁金珠以相當的差距落敗。

二〇〇六年一月二十四日，林義雄透過電子郵件，將「永爲民主國家主人——爲退出民主進步黨告同志書」及退黨聲明傳給各媒體，正式退出民進黨。

陳菊還在郭雨新身邊當祕書就認識游錫堃，「他從小個性就很溫和周到，每次過年都會到三星，向黨外人士拜年。阿扁重用他，因爲游錫堃的個性就像台灣牛，做事認眞，而且重視行政倫理。」

「台灣民主化的過程裡，宜蘭幫有若干努力，也有人得到位置，擁有政治影響力及地位。付出最多的林義雄，如今變成最寂寞的人，因爲他要保持他的原味，選擇人煙稀少、沒有掌聲的道路。我希望，他的未來不再是人煙稀少，也不應該是寂寞的。我希望，有一天，台灣有這樣的轉變。」

「以現在的政治生態，民進黨是一個開放的政黨，每個黨員入黨目的都不相同，早年那種充滿理想浪漫、對不義政權的對抗，已經逐漸在消失。我不知道，義雄兄心中的美夢跟熱情，有沒有一天可能實現？或者，還要經過多少年、多少過程，民進黨才會重新省思，早年的堅持，是讓人民無條件熱情支持付出的最大力量。」

「如果民進黨漸漸失去理想性，人民冷漠、事不關己、覺得這個黨的理想距離我太遙遠，就可能痛心唾棄。」

「我的黨，正站在充滿危機的十字路口上。」

第三章 黑牢歌聲，美麗島

擔任郭雨新先生祕書的陳菊，經常與政治犯家屬接觸，祕密透過管道向國際人權組織傳遞台灣政治犯的訊息。然而，一九七九年，她沒有預料到，十二月十日世界人權日的紀念活動，竟然爆發美麗島事件，她遭到逮捕、判刑十二年，自己也變成政治犯，經歷六年又八十天的黑牢生涯。

「親情、愛情、友情，其實，在坐牢的時候，都是很遙遠的。就在那個小小的房間裡面，一年三百六十五天、一天二十四小時、一小時六十分鐘，所有的痛苦，只有自己承受、自己鍛鍊走出這些痛苦的勇敢與能力。」

這不是她第一次失去自由。前一年，由於她將雷震先生的部分史料逕自送往國外刊載，曾經被警總約談十三天才釋放，但她當時確信，在外面奮戰的眾多夥伴，能夠給予她支持與力量。然而，美麗島事件將包括陳菊在內的民主工作者幾乎一網打盡，在大逮捕行動的肅殺裡，無人能夠想像，物極必反，民主運動的火苗因爲這次事件而遍地燃燒。

被捕經過

美麗島事件大逮捕是十二月十三日凌晨，陳菊被抓的地點，在《美麗島》雜誌社第二編輯部，也就是林義雄家的樓上。「被捕前一天，十二月十二日下午，雜誌社召開記者會說明美麗島事件當天的眞實情形。我遇到呂秀蓮，之前我到美國一段時間，很久沒有機會跟她聊天，那天晚上就一起用餐，到台灣大學附近的西北火鍋，同座還有施明德、蔡有全、林弘宣、蕭裕珍、司馬文武（江春男）等人。當時，大家心情蠻沉重的，因爲我們都知道自己被二十四小時跟監了，司馬笑著說，這像是最後的晚餐，要我小心一點，整個氣氛很清楚，國民黨就是要抓人了。」

「吃完火鍋，回到第二編輯部，我跟呂秀蓮當晚就住下來。那幾天，我大概過度勞累，感冒得非常嚴重，晚上十點左右，姚嘉文打電話來，要我們過去他那裡討論，但是我身體很不舒服，就由呂秀蓮與艾琳達過去一下。」

「晚上十一點，林義雄來按我的門鈴，我告訴他，他們都過去姚嘉文那邊了。林義雄說，他跟老康準備去找吳三連先生，因爲郭雨新先生當時赴美，台灣的狀況彷彿『大人不在家』，黨外這些孤兒被國民黨摃打欺負都無人理睬，所以希望吳三連先生這些黨外老前輩出面，不要讓這種感覺類似二二八事件的傷痕擴大。大家都沒料到，當時國民黨的整肅政策早就已經決定了。」

「清晨五點，雜誌社被包圍，呂秀蓮第一個被抓，樓下的林義雄也無法倖免。原本，我一直認爲林義雄不會被抓的，因爲他很早就說十二月十日當天有事無法南下，我們沒有安排他演講，他跟人權日的活動其實沒有什麼關係。不過，十二月九日鼓山事件發生很大的衝突，姚國建、邱勝雄被打，氣氛相當緊張，大家覺得黨外公職都應該下去聲援，所以他臨時決定跟老康一起下去。十日當天他都在台下，鎮暴部隊噴催淚瓦斯的時候，我跟他就一起站在台下。」

被捕的時候，陳菊還穿著睡衣，「根本來不及再回樓上換衣服，就穿著睡衣、拖鞋，雙手反銬在後面。從信義路到新店的軍法處，一路上，我突然覺得台北的清晨如此寧靜、街燈微弱，不知道自己何時才能夠再看到這樣的場景？可能十年以後，也可能一去不復返，我不知道，那是一個完全不可知的未來。」

「這跟我之前被警總約談不同，那次，我很清楚知道，有很多支持我的救援力量在外面，這次卻看到甚至連林義雄都被抓。當時我就想，黨外完蛋了，與美麗島無關的林義雄都被抓了，可見這次整肅的規模。或許，那個時刻，我有點絕望的感覺，除了自己可能被刑求、可能被判死刑，而且很擔心台灣的民主運動又要從零開始了。」

審訊

到了軍法處看守所，手銬打開了，但是所有東西都被沒收。「他們的舉止很粗魯，男生立刻被剃頭，我那件睡衣上襟的扣子也被剪掉，大概是防止吞扣子自殺。這是一種下馬威，讓你知道自己從此是階下囚了。我們分別被丟在房間裡面，因爲他們還在繼續抓人，一批又一批，沒有時間理會我們。」

當天，陳菊拿到艾琳達送來的換洗衣物，隔天早上，她被送到安坑調查處。「移送的過程，我的眼睛被罩起來，不知道自己會到哪裡。到了安坑，我就想起之前看過陳映眞的文章，寫他被捕、送到安坑調查處的經歷，他那時所寫的，沙發椅套血跡斑斑的景象。」

「一進去，偵訊用的強烈燈光直接照著你，三天不讓你睡覺，上廁所也要他們同意。調查人員分成兩組，一組扮黑臉，一組扮白臉，因爲他們的經驗認爲，每個人都有一定的忍受程度，過了某個階段，再逼下去可能會瘋掉，這時就有人出來扮演另一種角色，說他們也要民主等等，讓你輪流面對兩種情境，內心不斷衝突。」

「囚犯住處在地下室，每個人一間，每間都有透視的鏡子，他們從外面就可以窺看到我們在裡面做什麼。我們被帶進帶出的時間都刻意錯開，不會讓你遇到同伴，例如蘇慶黎在我隔壁，可是當時我永遠都遇不到她。房間裡除了廁所，只有一本聖經，然後就是刺眼的探照燈不斷照著你。」

「在那個過程，我聽到兩個聲音，有一天，聽到姚嘉文說肚子痛，知道他跟我在同一個地方；後來，又聽到原本就有氣喘宿疾的蘇慶黎講得很大聲，說要找氣喘藥，發現她原來就住在隔壁。還有一次，遇到陳忠信，大概是要從一個房間帶到另一個房間，居然讓我遇到了，我看到他整個人都變得不一樣了。在調查處，我只知道有這三個人，其他人沒有遇到，也沒有聲音，只聽到巡邏人員叩叩叩的腳步聲。」

「三天後，才有機會睡覺。可是，每天早上，聽到他們要來帶你的腳步聲，就會開始覺得恐怖，因爲又要去面對那種不知道今天又有什麼磨難的狀況。之前，聽說他們有種酷刑是將針插進指甲裡，我試著用指尖插進肉裡面，看看是什麼感覺、測試自己的忍耐度如何。男受刑人後來傳出種種刑求的事情，女性還好，我最嚴重就是被打耳光，但是，那種心理及疲勞戰術，卻讓人幾乎快要崩潰了。」

「我只是被打了耳光，當時，審訊的人罵我像擠牙膏，擠一下、講一點，接著就動手打我，那個臉孔，我現在還記得。老實說，我並沒有什麼恨意，只是忘不了那個嘴臉。直到現在，對我而言，任何國家如果需要仰仗情治單位，都是對人性的莫大扭曲、絕對的扭曲。」

就這樣，陳菊在安坑調查處整整審訊了兩個月。再回到景美看守所，她發現牢房變得很「舒適」，「整個房子都不同了，全部設施換新，牆壁是軟的，裡頭裝的是泡棉，絕無可能讓你撞頭自殺，所有你想得到的，他們都做了防範。」

從那時候開始，陳菊每天可以分配到數量很有限的水。「差不多就是五公升左右的塑膠桶，不論你要洗臉、洗頭、擦身軀，都是用這桶水。全部的水就是那麼多而已，洗了頭就不可能擦身、擦身就不可能洗頭，我只好輪流，一天洗頭、一天擦身軀。」

大聲唱歌

陳菊察覺，呂秀蓮住在隔壁，有一天，又發現對面原來住著施瑞雲、林文珍等等，他們都被抓進來了。於是，喜歡唱歌的陳菊，開始利用歌聲向夥伴傳遞自己存在的訊息。從小到大，感覺孤單的時候，陳菊就唱歌，越孤單的時候越想唱，這時候，她的歌唱卻有了另一層的深意。

「唱歌是我的自由，在有限的囚房裡，他們不可能禁止我唱歌。我在房間裡走來走去，有時駐足唱一下歌，他們則是由監視器監視著我。」

「每次唱歌，隔壁就有人叩牆回應，他敲兩下，我回三下，透過這種方式確認是自己的同志。有一天，隔壁的人要被帶出去，我從小小的孔洞看出去，發現原來是范巽綠，我想，怎麼連她都被抓了，整個黨外大概都差不多了。」

直到現在，這麼多年了，范巽綠都還記得，當年陳菊在黑牢裡的歌聲，她事後說回憶，「我們被單獨監禁，根本不知道哪些人也被關進來了，只有陳菊會大聲唱歌。我記得她唱〈孤女的願望〉和〈黃昏的故鄉〉，聽見她的歌聲，我的眼淚就掉下來了。」

唱著唱著，陳菊自己的眼淚，也流了下來。

遺書

等待審判的時候，陳菊其實心如死水，「我認爲這不是法律問題，因爲當時法律根本是爲政治服務的。」一九八〇年三月十八日，展開爲期九天的美麗島軍法大審，她在法庭看到林義雄穿著黑衣，姚嘉文告訴她，二月二十八日竟然發生林家滅門血案，林義雄的母親和雙胞胎愛女慘遭殺害。

陳菊爲林義雄心痛，她不知道，自己能不能活著走出黑牢，那樣的時刻，她提筆寫下遺書。「在調查局，他們曾經逼我寫遺書交代後事，但這份文件被沒收了。回到軍法處看守所，在林宅血案之後，就記憶所及，我重寫了一份。」

四月二十六日重新寫下的遺書裡，陳菊提到許多令她懷念的朋友，也談到與林家的滅門慘劇相比，她再大的痛楚都微不足道。最後，甚至說，「若有墓碑文字，請司馬文武親撰。」

「當年被逼著寫遺書，讓我對未來感到絕望，我忽然不知道該寫給誰？想說的是什麼？在人生的終點前，我發覺自己是一個人，那種感覺可以說是千古悽涼。」

陳菊的遺書是這樣寫的：

一、願所有受苦、被困縛、被壓迫的人早日得到解放，願我深愛的故鄉——台灣的人民早日享有眞正公平、平等、自由、民主的生活。祈法律能象徵代表社會正義，而非只是統治的工具，形同具文愚弄人民。

二、聖經上記載保羅在獄中致書提摩太說：「那美好的仗，我已經打過了，當跑的路我已經跑盡了，所信的道，我已經守住了。」人子耶穌被釘死在十字架也沒有爲自己辯解，雖然我受盡了侮辱、欺凌，但我心無恨亦無所懼，我深信一切的是非、功過、歷史自有公正的論斷。

三、監獄是人類的恥辱，政治監獄尤其殘酷，惟可恥的並不是受囚禁的人，我至死堅信，鼓勵人民爭取維護自己的權利，是行使人類良心的行爲，絕不是暴力。

四、我感謝並懷念所有愛我的朋友，不管此刻你們在台灣亦或在海外，請你們持續民主的香火，請你們永遠記取故鄉蒼生苦難的呼喚，不必爲我悲傷，三十年來我不是第一個犧牲者，但希望是最後一個。而念及義雄兄的滅門慘劇，我再大的痛楚都微不足道。

五、我向我最好的日本友人——三宅女士致敬，你爲台灣的人權奔走呼籲十年如一日；我所隸屬的東亞人權協會主席——司馬晉教授、好友林邁爾（Lynn Miles）以及爲台灣政治犯默默努力的許多無名英雄，我向你們致最深摯的敬意。

六、與我共唱〈黃昏的故鄉〉的友人，請你們不必因大逮捕而難過、懊惱，我最後緊握你們的手，凝視你們因故鄉而滄桑的臉，已包含我一切的了解、諒解和期待，希望我們能活在台灣人的心中。

七、我向史明老伯致意，三宅女士深知我對您的敬重，我已盡心盡力，祈盼沒有讓您失望。

八、多年來與我共迎風暴和苦難的戰友，我知不管我的處境有多惡劣，你們永遠對我有信心，而我從早歲投入運動，從關心政治犯演變到最後亦得受唯一死刑審判的政治犯，這是必然的歷程，謹請司馬、慶黎、秋堇看顧我年老的父母，千萬不要讓他們陷於那孤苦和無助。

九、最後，我向父母手足致歉，進弟、雄弟得堅強，若我死於獄中，請葬我於老家三星的山上。人生有許多遺憾，有志未酬是其一，惟我能勘破，若有墓碑文字請司馬文武親撰。

「那時，律師可以來看我，我不知道有沒有機會交給他，或者，也許有一天死了，遺書才會被發現。」巧合的是，高瑞錚律師來看陳菊，全程監控他們會面的錄音機竟然剛好壞了，趁著監獄官去隔壁換錄音機的空檔，這份偷偷轉交給律師的遺書，才得以流傳出去。

坐牢的哲學

面對審判的陳菊，慢慢發現自己需要調適。「偵訊期間的痛苦逐漸過去，但是，彷彿一顆破碎的心，要去尋找那些碎片，我有時候會突然沉默下來，經常在牢房裡發呆，想起在安坑調查處的狀況。那段時間，牢房裡只有我一個人，有時情緒比較平穩，有時又有強烈的憤怒、強烈的哀傷，一天之內的變化很大，其實這都是坐牢症候群的一種。」

幸而，陳菊曾經接觸過不少政治犯，知道獄中情緒的極大起落是正常的。「施明德常說，坐牢是一種哲學，囚犯的哲學是以時間換取空間，你可能是無期徒刑，或者要囚禁很多年，時間對你而言是不知道的漫長，日月的計算也沒有太大意義，用不知道的漫長時間來換取狹窄的空間，必須有哲學的想像，這對我是蠻有用的。」

上：一九七八年《選舉萬歲》出版之際，後排左起：姚嘉文、張富忠、陳菊、林正杰等人在印刷廠合影。

中：陳菊與許信良（後右一）、林正杰（前排中）、張富忠(前左一)拜會雷震夫婦。

下：左起：陳菊與姚嘉文、蘇洪月嬌、紀萬生，一九七八年在軍法看守所前。

上：左起：黃信介、姚嘉文和陳菊在台北地方法院前合影。

右：出獄後第二天，黨外同志為陳菊洗塵。

左：一九八七年，在紐約與郭倍宏（中）、何康美（右）合影。

上：陳菊與施明德、艾琳達（左一）、
林俊義（左二）等人合影。
下：在美國探望許信良。

上：紀念美麗島二十週年大型晚會。

中：參觀總統府人權紀念展，林邁爾（右一）、丹尼斯（左一），兩人皆為美麗島時期駐台記者，以及郭神父（右二），他們三人都在美麗島時期幫助陳菊許多。

下：美麗島二十週年活動，與呂秀蓮在台北市仁愛路《美麗島》雜誌社樓下合影。

我爲追求自由而身繫囹圄，在獄中持針線繡Liberty，一針一線都象徵著我對自由的堅持，及心念我一千九百萬台灣同胞之自由。　　陳菊一九八三年於土城獄中

陳菊在獄中的刺繡作品，後來流失，由洪奇昌以七十萬元買回來送給她。

「當我坐在牢房裡，可以想像是在家鄉蘭陽平原，或者高雄西子灣，這都是可以非常有變化的。如果一直覺得坐牢很痛苦，從這個角落走到那個角落，大概幾秒鐘就走完，光是這樣想就活不下去了。我能夠有自處之道，正是因爲過去跟太多政治犯接觸，看過太多政治犯的悲慘，這些經驗對我的療傷有很大幫助，不會怨尤自己的處境，因爲我知道自己這樣的狀況不是最壞的。」

「美麗島事件讓那麼多朋友被抓，如果只有我獲得自由，對我反而是一種羞恥；若是其他同志們都在受苦，我卻沒事，那也不會是眞正的自由。我們一起反抗國民黨、一起參與這個事件，我的處境沒有理由要比別人好。我們一起受苦的感覺，很好，這些對我處理情緒療傷也都有很大幫助。」

然而，當年的黑牢待遇是令人難以想像的。很長一段時間，陳菊仍然不能洗澡，「牢房裡面是榻榻米，榻榻米旁邊的簡陋廁所就是半扇門遮著而已，我沒有辦法洗澡，一直都是擦擦身體而已的。」

後來，家屬在外面訴說這樣的不合理處境，於是，獄方終於同意他們可以使用牢房隔壁的簡單衛浴，每隔兩天用熱水稍微沖一下澡。「第一次可以洗澡，眞的就像俗話說的，身體沒洗全是『仙』。洗澡的感覺眞好，距離我被逮捕，至少相隔半年了，我那時才知道，可以洗澡原來眞是幸福！」

獄友呂秀蓮

陳菊與呂秀蓮在美麗島軍法大審同遭判刑十二年，令陳菊不解的是，判決之後，她們依然被關在景美軍法看守所，直到另一個案件的葉島蕾被捕，才送她們到專門收容政治犯的土城清水溝「仁愛教育實驗所」。那時，她們已經關了七、八個月了。

土城仁教所原本是改造政治犯思想的大本營，軍方對待陳菊跟呂秀蓮卻是「獄中有獄」，將她們與一般政治犯隔離，兩人一起關在仁教所二十五班菜園新建的監房。當時，陳呂專屬的牢房其實還沒有蓋好，但是因爲不希望她們見到葉島蕾，還是決定將她們移送過去，成長背景不同的陳菊跟呂秀蓮，也展開漫長的同囚生涯。

長達五年的時間，陳菊與呂秀蓮關在一起，彼此關係似乎應該是很親密的，但是，對照她們後來的互動卻顯得相敬如賓。

每天一早，管理員將供應給她們兩人的熱開水擺放在門口，向來習慣早起的陳菊，往往主動將開水提進來，裝進熱水瓶裡保溫。有一天，不曉得爲了什麼，陳菊沒有裝水，呂秀蓮也沒有去理會，那些熱開水就一直擺著，慢慢變溫、變涼。

住所外面，緊鄰著高牆與水泥地之間，有個狹窄的開放空間，上面架著鳥籠般密密麻麻的鐵絲網，望出去的天空也是不完整的。她們後來獲准在這個小空間種植九重葛等花卉，陳菊也固定在這裡跑步運動，因為遇到下雨，她改在屋內跑步，呂秀蓮卻覺得受到干擾，後來陳菊選擇到屋外跑步，寧可冒雨還是要努力維持她的運動計畫。

事實上，大家庭長大的陳菊，從生活細節到思考模式，與從小優秀、備受呵護而格外自我的呂秀蓮並不相同，她們所在乎的東西也有許多差異。如果陳菊可以選擇，或許，她不見得願意做這樣的安排，「兩個完全不同訓練、不同生命經驗、信念性格完全不同的人關在一起，必須朝夕相處，對我而言，都是一種學習。」

在無可選擇的黑牢生活裡，陳菊真正要面對的，終究是自己。

「移送到土城，第一個改變是，我們終於可以用筷子吃飯了。軍法處看守所擔心筷子可能造成危險，只准我們用塑膠湯匙吃，每次，就是一個塑膠小臉盆、塑膠湯匙，從牢房門口底下的小洞推進來，這樣的日子過了八個多月。送到土城仁教所那邊，開始重新拿筷子，我還不太習慣，有點『魁魁』不順手，必須再調適一下。」

在土城的監房，由兩名情報特工出身的女管理員住在同一棟房子，照顧陳菊與呂秀蓮的生活，房門就由管理員上鎖。「剛開始，這兩個人都不敢休假，即使輪流休息也是選擇白天，晚上不敢單獨跟我們相處，後來才知道，原來她們認爲我跟呂秀蓮是暴力分子，害怕我們可能趁半夜起來毆打她們。我們根本不知道媒體怎麼報導我們，無法理解她們防備之深，還覺得好奇怪，怎麼會這麼想？」

「兩三個月之後，她們觀察到，我們都是很安靜在看書，對人也很有禮貌，彼此漸漸熟悉了，晚上一起看電視，才說出她們擔心半夜被打的事，我跟呂秀蓮大笑，但是也忍不住想，美麗島事件不曉得被台灣的媒體講成什麼樣子啊？」

看管她們的女性管理員換了好幾次，幾乎都是從剛開始的充滿防備戒心，慢慢發現陳菊、呂秀蓮跟她們想像的不一樣，久而久之，變得越來越同情。有些外面寄給她們的東西，例如國際特赦組織、人權團體或國外朋友寄來毛衣或卡片，有的管理員也會有意無意讓她們知悉。

「那是關了三年多之後吧，偶然的機會，讓我們看到外界的這些關心，但是上面交代要保密，管理員根本不可能將那些東西交給我們。即使如此，我終於知道外面還有支持的力量，很高興自己並不那麼孤單。」

陳菊與呂秀蓮在白天各自安排自己的生活，晚上一起看連續劇休閒，於是她向擅長女紅的呂秀蓮學習用鈎針或棒針打毛線。「這是我生平第一次拿棒針，可以鈎很大的床單，等於是邊看電視邊消遣，不必動腦筋。當年，我不知道鈎了多少圍巾，輾轉送出去給朋友，自己現在一條都沒有了。我也跟呂秀蓮學習如何繡東西，繡了一個『無我』，送給林義雄，現在如果你到慈林基金會、進入林家，還可以看到這幅很老舊的作品。」

家裡有個賢慧的姊姊，陳菊對傳統女子應該嫻熟的針黹工作向來生疏，如今在監獄居然學會女紅，家人都非常意外。「不過，我出來之後，再也沒有動過鈎針、棒針，沒有機會、沒有時間，而且再也沒有意願了！」

因為呂秀蓮，陳菊在牢裡也嘗試生平第一次燙頭髮。天生有點自然鬈的她，在外面從來沒有燙過髮，有一年過年，呂秀蓮想要燙，然而，她們是「國家欽犯」，申請外面的人進來幫忙燙頭髮是件大事，必須事先打報告。「結果，呂秀蓮的報告打上去，獄方說不能一個人燙髮，一定要兩人都燙才批准。我很不願意，但她一直遊說我，甚至說，為什麼不要呢，反正在坐牢，不論燙得好看、不好看都沒有人看啊。我想了想，也是有道理，就燙了。過年時候，我爸爸來看我，就這麼留下在牢裡燙過頭髮的照片。」

巧渡訊息

陳菊的父親，固定在過年期間從宜蘭到土城探望她。媽媽每半年來一次，每次都是哭著回去，陳菊不希望她在監獄人員面前流淚示弱，只好催母親快走，心裡其實有多麼不捨。常來看她的，還有弟弟陳武進，差不多每個月來一次，外甥李昆澤、李英毅兄弟，則是每兩週來一次。

失去自由的陳菊，渴望知道外頭的各種訊息，卻幾乎是不可能的任務。她們唯一能接觸到的報紙，就是《中央日報》，被強迫看了許多年，「出獄之後，碰也不碰了，可以想像我有多麼厭煩！」

家人每次會面的時間雖然有三十分鐘，但他們必須面對兩個監獄管理員及錄影機的監視，「坐牢六年多，我從來不會在獄方的監視看管之下說出內心話，每次講的話都很固定，問問對方好嗎？嗯，還不錯。要什麼東西？我也是一二三四五六，很簡單的交代，不會詢問外面朋友的情況。」

因此，陳菊相當有限的訊息管道，竟然來自批判反對人士的《龍旗》雜誌。她經常「顛倒看」，反向解讀雜誌的內容，由文章裡的蛛絲馬跡研判民主運動的新動向，偶然之間發現，《龍旗》刊出極小的黨外雜誌內文圖片，陳菊如獲至寶，拜託家人爲她購買放大鏡，還一度被外界誤解她的視力嚴重衰退到必須仰賴放大鏡的地步。

有一天，陳菊發現，關在仁教所的張溫鷹，跟兩三個人在外面對話，好像故意講給她們聽，「要注意，不要被騙去喔。」不久，某個星期天下午，傍晚五點多，陳菊在高牆旁邊快走運動，張溫鷹從鐵門的細縫丟東西進來，「老天爺，居然是《中國時報》，我已經四、五年沒有看過《中央日報》以外的報紙了，當時好像看到命一樣，趕緊拿去廁所去看，看完再跟呂秀蓮分享。那陣子，剛好是陳文成事件，《中時》的報導很詳細，與《中央日報》都不一樣，這是一次難忘的偷看經驗。」

還有一次，是端午節，不知道是呂秀蓮或陳菊家送雞肉來，裡面裹著塑膠袋，外面再包一層報紙，油漉漉的。她們小心翼翼將報紙打開，也是《中國時報》，「我們看得好高興，後來又一直暗示家人，家人開始用不同的報紙包東西送進來，但是這樣的意圖太明顯了，後來，那些包裝的報紙一律被所方換成《中央日報》，不可能再有任何機會了。」

外面訊息進不來，陳菊試著用紙條傳送訊息出去。「特別寫那種字跡小小的紙條，摺得很小很小，藉著跟家人握手的機會，直接從手心傳給他們。我跟李英毅的默契比較好，如果默契不好，對方詫異出聲反問說，這是什麼，那就穿幫了。李昆澤就這麼笨過，差點當場被發現，我那時只好改口說，搞錯了，這是我的東西，然後趕快拿回來。范巽綠與張富忠訂婚的時候，我用這種方式寫了一張字條表達祝福，透過家人傳遞給他們，他們直到現在還保留著。」

「運動褲拉鍊旁邊有一段比較硬的部分，也可以藏紙條，將一些訊息傳出去，呂秀蓮跟她大姊默契十足，就做得蠻成功。可是，我的家人很單純，特別是男生通常笨笨的，不會想到這個，明明在運動褲藏了訊息，下次會面，卻發現他們根本沒有反應，只好再想辦法給他們另外一張紙條，提醒他們那條褲子暗藏玄機。」

「後來，我慢慢覺得，焦慮也沒有什麼用，你不管多急，其實都不能做什麼，也無法眞正改變什麼。寫字條給外面，只是讓他們多牽掛你在獄中的情況而已。我也不可能透過這些方式去訴苦，因爲，那會讓別人更難過。我弟弟也說，坐牢，乾脆就簡簡單單，不必想那麼多，何必這樣，你牽掛別人、別人牽掛你。」

失去後的領悟

陳菊認爲，六年多的黑牢禁錮，徹底失去自由，對她的內心世界影響甚鉅。「有些東西曾經一度擁有，因爲坐牢而失去，在那之後，我會經常問自己，什麼叫擁有？什麼又叫做失去？同時，我也深切領悟，生命的本質是孤獨的，即使親如手足、即使有人非常非常了解你，當你在坐牢的時候，他們也不能做什麼、無法眞正幫助你。你必須，爲自己的生命負完完全全的責任。」

「第一年，當然是最痛苦的，後來就有一點出神入化，我感覺自己似乎沒什麼感覺了，彷彿所有的痛苦都可以超越。後來面對許多人生困境，我有時候會類比，既然當年在黑牢曾經遭遇那些境遇，如今的這些痛苦，對我而言又算什麼！因爲坐過牢，我變得比較看得破，有人認爲我『看透，沒有看淡』，也許，如果沒有坐牢的歷程，可能陳菊又有不同的階段。」

「就像你們會關心我跟呂秀蓮如何相處？其實，在牢裡，我終究要面對的是自己，看自己如何調適。太長的時間是在自處、跟自己在一起、剖析自己，痛苦的時候，覺得人生有許多痛苦是無法訴說的，這就是坐牢的眞正狀況。我幸運的是，沒有因爲坐牢的漫長痛苦而怨恨，因爲我對人性有信心，沒有因爲坐牢而變得容易懷疑、或對別人信賴感不足，這都是童年成長的經驗的正面作用。」

當年對陳菊一直無法友善的景美軍法看守所某位管理員，後來在她擔任台北市社會局長時，曾經來找她協助，陳菊沒有拒絕，因爲當年社會將他們仇視爲叛亂分子，管理員沒有善待他們似乎也是自然而然的。相反地，她一直記得，其他管理員給予的些許安慰，「人在沒落的時候，別人給你一點點溫暖，你永遠都不會忘記。所以，我常想，人不應該那麼絕，人生什麼時候會怎樣都不知道。」

陳菊總覺得，在不幸之中，自己擁有許多幸運。即使被隔離在黑牢也要歌唱的她，似乎未曾與民主運動眞正分開，出獄後，很快又重新投入這個大家庭的懷抱。「我從小在黨外長大，雖然不是很優秀，卻一直在黨外的核心，受到照顧愛護。我跟同年的黨外新生代幾乎一起長大，我們有著許許多多的夢，走過同樣的階段；坐牢回來，有些人在不同地方工作，但好友都沒有背離我們的運動，我也不覺得陌生。」

走出黑牢的陳菊未曾猶豫，立即重返更澎湃壯闊的民主行列。高雄，從此成爲她生命的另一個故鄉。

第四章 恩怨情仇，新潮流

身爲美麗島事件受難者的陳菊，黨外時期是跨派系「超級大黨工」，在民進黨的派系屬性裡，沒有劃歸美麗島系統，而是加入新潮流。她說，「外界對新潮流有點愛恨交織，其實，往往是誤解多於了解。在幾次關鍵的時刻，都聽到有人對我說，可惜妳是新潮流！只因爲我是新潮流成員，就對我的政治路徑有不同的態度，這些，是我必須承擔，卻無法接受的。」

新潮流成立的時候，陳菊還在黑牢裡。這個派系誕生的前一年，也就是一九八三年，以《深耕》雜誌邱義仁等人爲主的新生代，強烈批判公職掛帥、山頭主義的黨外運動生態，他們推動黨外民主化，主張「四條一款」保障現任立委的康寧祥首當其衝。當年九月，「黨外編輯作家聯誼會」成立，由林濁水擔任首任會長，新生代力量的集結，爲後來的新潮流埋下伏筆。

創流

一九八四年，《新潮流》雜誌創刊，包括邱義仁、吳乃仁、洪奇昌、林濁水、劉守成、賀端蕃、謝史朗、簡錫堦、魏廷昱、吳乃德、謝穎青、黃昭凱、陳武進、劉峰松、林世煜等十八位年輕知識分子與草根工作者，擔任當時的編輯委員，後來被外界稱爲新潮流創流的「十八飛鷹」。他們在發刊辭強調，要「重建新的反對事業」，「目的不在另立山頭，而在結合所有愛好民主自由的人士共同奮鬥，它絕不諂媚當權者、不攻擊同志，而是要匯集一切有助於台灣民主、自由與繁榮的言論與智慧。」

一九八六年出獄，陳菊很自然就加入了新潮流，「這些人幾乎都是一九七五年爲郭雨新先生助選的夥伴，當年，有些人是大學生、有些是研究生，因爲田秋堇的因素，一群人投入黨外的這場歷史選戰，我們是共同成長的朋友。從那個時候開始，許多人從來沒有離開民主的陣營，直到現在是三十年如一日。或許中間有不少變化，但是不管我們如今的職務是什麼，對台灣的關愛、保持政治的理想，都一直沒有改變。」

新潮流成員的基本信念，就是「台灣獨立」、「群眾路線」、「社會民主主義」等三大綱領。雖然表明無意另立山頭，但他們提出「雞兔同籠」、「議會路線vs.群眾路線」等黨外路線的辯論，猶如鬥魚一般，展現強烈的批判性格，顯然站在傳統黨外公職人員的對立面，從此，也被烙上「紅衛兵」的印記。

早期的新潮流，據傳有一條不成文規定，就是盡量不找學生或記者加入，創流靈魂人物邱義仁討厭與記者打交道，也是相當著名的。以謀略見長的邱義仁，還有另一項堅持，就是自己不願意參選，不過，他卻屢屢在總統大選等重要選戰擔任民進黨操盤手。情感澎湃的陳菊，則是從南輔選到北的先鋒部隊，成為公認的群眾集會最佳主持人。

形象神祕

儘管外界看好新潮流的政治實力，但他們的組織採取精兵策略，直到現在，會員僅有兩百五十名左右，任何人要入流，都必須經過嚴密的觀察、審核程序，由公職或幹部推薦背書，再送交政協會議討論審查，操守、能力、專長都是考核項目。即使是活躍的政治工作者，也有人遭到新潮流拒絕，曾經被打回票的，包括後來由綠轉藍的人物。

「外界覺得新潮流好像很神祕，原因之一，可能是大家並不清楚新潮流究竟有多少人？全部成員有哪些？外界知道的，多是一些公職。新潮流成員沒有完全公開，是為了尊重每個成員不同的態度，有人可能是學者，或者地區的社區運動者，他們認為自己不是公眾人物，所以不需要公開。正因為這樣，大家反而將新潮流想像得無限龐大。」

也有新系成員認為，外界將新潮流神祕化，有些固然是因為誤解、有些是選舉或地方恩怨，另一方面，具有挑戰權威傾向的新系，也儼然成為其他派系人士的戰靶，彷彿去決鬥一個武林高手，可以同時驗證自己擁有相當的實力。

集體決策與重視年輕人

標榜集體決策的新潮流，除了政協會議，每三個月定期舉行會員大會。「新潮流的重要特質，就是認為沒有一個人是天縱英明或永遠英明的，透過集體的協商討論，政策才能夠相對維持比較好的品質。第二個特色，就是重視年輕人，政治協商會議的十五位委員，一年一任，三分之一是公職、三分之一可以連任、三分之一必須由新人擔任，公職人員並不見得一定是政協委員。而且，每週召開的政協會議，是所有人都可以參加討論的，只是其他人沒有表決權而已，這讓年輕人也有觀摩與表達意見的機會。」

「新潮流用心栽培訓練年輕人，因爲，我們認爲，沒有什麼比人才更重要，這就是爲什麼要讓年輕人在政協會議充分表達意見、觀察決策是如何做成的、還有當你做出這個決策之要負什麼責任。如果決策錯誤就必須負責，可能是停止新潮流的流權，三個月或半年，都沒有投票權，或者可能總召、政委要辭職，這都是行之有年，有一定的規範。」

與新潮流系大將林濁水（左）、邱義仁（右）合影。

「由於重視年輕人，很多在學運或研究所比較優秀、有志於台灣社會改革的年輕人，都是新潮流積極栽培的對象。有些人在國外念書，如果個人家庭無法負擔，新潮流的大老都必須分擔他們的學費，像我擔任公職期間，常被指定這個學期要贊助五萬或十萬元學費，我不能說No，這是我的責任。在這個過程，像是家境優渥的吳乃仁，或是洪奇昌，他們都有這樣的胸懷，願意爲這種事情奔走。」

「新潮流的人出來參選，都是資深成員要去募款，再看老將、新人的不同區別來分配額度，彼此以團體的力量支援，因此，一些不錯的中生代，或者具有潛力的新人，可以在新潮流獲得栽培與奧援。」

儘管新系自認不是外界傳聞的「鐵血組織」，然而，相對於其他派系的鬆散，新潮流的團結與紀律，向來令外界既佩服又忌憚。「這個團體有高度凝聚力，但是，並不像外界所想像的，一個口令、一個動作。新潮流雖然有幾位被外界視爲指標的資深成員，在內部並沒有特別的權威，所有政策基本上都要經過充分民主的討論，而且在討論過程常常火花四射，拍桌爭辯也是常有的事，大家的意見不一定相同。然而，如果是經由討論多數決的共同結論，很抱歉，所有人都必須遵守，否則你就不適合當這個團體的成員。」

「事實上，新潮流一直在調整，雖然三大綱領不變，不過，有些路線、方法都在調整，因爲我們要做務實的改革者，而不是浪漫的革命家。例如，爲了要不要從群眾路線投入體制內選舉，一九八六年引發內部激烈的辯論，洪奇昌就是主張投入選舉的。當時，新潮流成員在不同的社會運動團體裡，長期在環保、勞工、人權等不同領域努力，後來發現，要解決這些嚴重的問題，還是需要政治力量，所以必須透過參選、透過在政治上的影響力，才有可能進入改革階段，從群眾路線到中間經過這樣的一個轉折，也牽涉到當時難免同籠的爭論。」

投入選舉

原本帶著社運基因起家的新潮流，從那時候開始，逐漸展現他們的政治能量，在民進黨內部爭取躋身決策機制、與其他派系合作，對外積極輔選或投入選戰。「民進黨成立之後，新潮流覺得應該爭取中執委或中評委，也聲援黨內的不同力量或派系。我們的特點是，跟別人的合作向來言而有信。我們是有選擇的跟別人合作，合作的時候，都會告訴你今天的票是誰。例如我要參選黨職，我的票可能要給派系統籌，然後再爭取別人支持我。」

「新潮流的配票高手是小張（張立明），對於如何配票操盤的精算，直到現在，他仍是最頂尖的高手。新潮流成員沒有各自選擇支持誰的權利，但是可以因爲你來自不同的地方，因爲地區發展的需要，事先報備將票投給不是新潮流規定的對象，例如屏東的曹啓鴻，基於地域需要支持某某，只要先行報告，而新潮流成員認爲是必要而且合理的，提出這樣的主張也會得到大力支持。」

新潮流屢次在黨內展現以小搏大的實力，即使沒有推出自己的人選，他們「押寶」何方，也往往形成勝負關鍵指標。一九九四年，台北市長選舉，民進黨黨內初選出現「扁長之爭」，新潮流決定支持陳水扁，謝長廷因而在黨員投票以些微票數落敗。「當時，新潮流沒有表決，但是爭辯激烈，李逸洋遊說力挺阿扁，在台權會工作的我，則是從文化及哲學的觀點，認爲謝對台灣內部議題思考比較重視弱勢立場，所以公開寫文章支持謝長廷。最後，新潮流從選舉的角度分析，認爲阿扁比較可能贏，所以有那樣的結論。」

二〇〇〇年的總統大選，新潮流也賣力輔選陳水扁。「每次選舉，我們都參與其中非常辛苦的工作。阿扁在兩千年的選舉，有些民進黨人士其實很冷漠，但新潮流始終是併肩作戰的戰友，不離不棄。我們不是從未來可以分配多少資源的角度決定支持對象，而是希望爲民進黨創造希望，例如當初支持阿扁選總統，就是因爲，他是唯一可能當選的。」

外界的排斥

「然而，有一群人，將新潮流醜化成都在搶資源、搶位置，他們都沒有看到，我們在這個過程的努力。新潮流的許多成員，可以上台演講，能做、能講、能寫，不管如何做苦工，都不會哀哀叫。當年的扁市府團隊，我們曾經付出不少努力，二〇〇〇年及二〇〇四年的大選也都有新潮流認眞的影子。」

「內閣改組的過程裡，外界經常關切新潮流或各派系成員的狀況。然而，以我爲例，我不是因爲新潮流的派系身分而入閣，很多人也不是這樣，後來卻被別人評論新潮流分到很多位置，似乎我們可以呼天喚地，這些都是錯覺。如果大家了解新潮流在民進黨沒有執政前所扮演的角色、或者在執政過程的表現及實質努力，有些人進入內閣，應該是相當自然的，但別人卻不是這樣看待。」

「即使邱義仁再專業、再努力，還是被看成他是代表新潮流在掌握重要位子。其實，民進黨執政之後，『喇叭』已經逐漸退出他在新潮流的角色、幾乎沒有參與運作，到了國安會更幾乎是如此。」

邱義仁淡出新潮流運作，據傳是因爲他在新系內部提出「非官方說法」的政治策略分析，數度被轉述出去，引發不必要的風波。對新潮流的發展而言，少了邱義仁這位創流靈魂人物的參與，這個轉折究竟是好是壞，至今尙無定論。

「新潮流的成員擔任行政首長，我們有若干幕僚自然就會進去，這也經常被誤解；然而，我們並不是刻意要用新潮流的人，而是希望培植年輕人，讓他們學習如何執政。在不同位置、不同社團或專業領域上，新潮流年輕幕僚表現出來的，往往也確實是最有訓練的人。」

「新潮流當然有缺點，與別人的合作關係也有待改進。不過，有些不盡理想或利益取向的事情，或是黨政部門的政策有意見，新潮流總有一些成員會提出批評、表達看法，久而久之，民進黨內部固然有人對新潮流有好感，也有競爭關係或者反對新潮流的聲音，這原本都是難免的。」

令陳菊無奈的是，新潮流任何個人講話，都被視爲背後深具謀略的集體行爲。個別新潮流成員在外面所結下的恩怨，也都被轉移成新潮流整個組織的恩怨。「我們看到越來越多對新潮流的反對，有些反對，或許沒什麼道理。不過，少數新潮流成員的表現或批評，即使強調他們是個人意見，民進黨與社會並不是如此看待，這類若干個人意見的表達造成對新潮流的傷害，也加強外界對新潮流的排斥，這是我們內部應該深自檢討的。我們也看到若干媒體對新潮流的不了解，將新潮流看成像毒蛇猛獸或是能夠飛天鑽地，其實，我們只是一個在民進黨內部比別人有紀律一點的派系。」

內部的危機

成立二十多年的新潮流，顯然面臨瓶頸。以往，離開的成員多數是因爲選舉因素或理念逐漸出現落差，但核心成員、前彰化縣長翁金珠無預警參選民進黨主席，主動宣布退出新潮流，卻造成內部相當大的震撼，段宜康甚至請辭新系總召以示負責，被視為這個派系發展的警訊。

新系的高雄縣長楊秋興指控教育部次長范巽綠夫婦事件、新系立委對陳水扁等黨政高層時有辛辣批評，在新潮流內部也有不同意見，卻無法有所約束。林為洲大動作退出民進黨，新系大老更是苦勸無功。

「這些年來，在全台灣各地都有新潮流，我們也警覺，是否疏於內部訓練、對台灣社會重大議題的討論不足，這都是我們發現到的內部危機。」

「這個團體以往是併肩作戰、互相支援，派系為縣市長等選舉長駐輔選、投注各種資源，這些過程，有理性，也有感情，都是長期的默契。翁金珠退流參選民進黨主席的過程，讓我們很難過，因為新潮流過去都是集體決議，如果翁金珠理解林義雄先生對黨內改革的號召，想要投入選戰，依照過去的狀況，應該讓大家先了解。她可能覺得，如果事先告訴你們，你們就會反對，所以乾脆不告知新潮流，但是我們認為，作為這個團體的成員，應該讓這個長期支持你的團體了解訊息。」

「林義雄先生的黨內改革想法，我們也沒有反對，只是可能各自的方法不一樣，因為領袖無法速成，新潮流在現實判斷認為翁的當選很困難，我們會根據現階段的狀況，研判選擇誰來擔任黨主席對台灣比較有利，這不是絕對的。或許新潮流這個團體最後還是反對翁金珠選黨主席，但是事先連基本的告知都沒有，導致段宜康辭職，這樣的結果，對新潮流當然是負傷，是長期的感情傷害。」

「民進黨從在野到執政，新潮流不斷在調整，雖然終極目標沒有變動，在調整的過程裡，還是發生了種種狀況，例如過去跟獨派曾經呈現緊張關係，跟不同派系看法不盡相同，以及對阿扁的執政也可能有不同意見。若干成員表達意見的方式，可能讓其他派系無法全然接受，如今的新潮流，有點『帶傷前進』的味道。」

「我認爲，大家對政策當然可以有看法。但是，社會期待有些聲音應該在黨內表達，在民進黨執政面臨困難的時候，新潮流成員發表個別意見、變成這樣的烏鴉，當然非常顧人怨，也不見得符合支持者的期待。今天台灣社會發展到這樣，新潮流如果漸漸被孤立，並不是好現象。」

「作爲民進黨的成員，新潮流應該呼應整個社會對民進黨的期許，努力在黨內建立溝通的管道。黨內當然可以有不同的辯論，多元化的政黨內部本來就應該有所不同，但我們不是對立，也永遠有最大公約數，那就是民進黨共同堅持的主張，我們從事民主運動所懷抱的改革信念與理想。」

解散派系

當年被視爲跨派系「超級大黨工」的陳菊，如今，聽到別人說「可惜妳是新潮流」、甚至爲了她是新潮流成員就另眼相待的時候，總是感慨萬千。「我不會因爲不討好、不討喜，就去放棄一些東西，或者迴避我是新潮流成員的身分。但是，參與民主運動三十多年，我向來不喜歡用派系來區別人，也不希望別人用派系來定位我。」

「從黨外運動開始，我參與政治的時間，比民進黨、以及民進黨的任何一個派系都還要長久。我先前只參選過一屆國大代表，其他時間都在幫忙輔選，輔選的對象從來不分派系；我的許多決定，並沒有任何派系因素的考量。」

她是新潮流，無法免於新潮流結下的恩怨情仇。但陳菊希望，外界以她三十多年的表現來檢驗她，「在民主運動的歷程，我是陳菊，我是台灣人的女兒。」

然而，即使陳菊站立在超越派系的民主運動高崗上，依然有人要求她退出新潮流。同時，在總統親家、女婿捲入弊案疑雲的一連串政治風暴裡，民進黨黨內無法容忍新潮流個別成員好發議論的聲浪更加高漲，王幸男等人的「解散派系」提案在黨代表大會捲土重來。

相對於民進黨其他派系的鬆散，「解散派系」首當其衝的就是新潮流，這個提案被視為幾乎等同於「解散新潮流」。陳水扁總統兼任民進黨主席時，曾經技巧擱置解散派系提案，黨政高層這次也希望以折衷方式化解，各方原本評估立法院黨團總召柯建銘版的「派系自律公約」可望過關，但是在黨內對新潮流同仇敵愾的氣氛裡，二〇〇六年七月二十三日，民進黨第十二屆全國黨代表大會通過「解散派系」決議，現場響起一片掌聲。

新潮流辦公室隨即發表聲明，表示「欣然接受、全力配合」，即日起宣布新潮流解散，包括政協、辦公室及流團等運作全部停止。

新系總召賴清德坦言，對這個結果感到「很意外」。前任新系總召段宜康認為，民進黨的形象和支持度受到衝擊，都和派系無關，但黨內把派系問題當成「假想稻草人」，「對內不對外」的氣氛令他感到害怕，也憂心黨內將欠缺溝通協調的機制，無法約束個別政治人物，未來看到的會是一個個無法被檢驗的山頭和小圈圈。

第二天，陳菊公開表達樂見解散派系的立場，她說，從二十三日起，她已不再為派系的問題傷神，黨內也不須要有特別的對話問題，所有時間都會用在選舉上，與對手國民黨參選人競爭，「解散派系對民進黨有展現更大團結的意義，今後任何人都不能再以不同派系，做為阻礙團結的藉口和理由，深信解散派系對於民進黨北、高市長選舉有正面加分作用。」

「台灣民主運動改革是一代傳一代，在民進黨執政過程中，遭逢有史以來最艱辛的處境，但對民進黨執政的價值要更堅持、更有信心。北高市長選戰不僅是北高市民的事情，而是整體台灣的重大事情，如果民進黨能獲得選民的支持，從困境中谷底翻身，代表台灣社會對民進黨再次的信賴。」

「民進黨不論什麼人、什麼系、什麼派，大家都是大家庭中命運與共、同舟共濟，大家都在一艘船裡，要有更大的心胸、堅持，黨內要放棄不同成見，才能看見希望。」

第五章 戀戀港都，西子灣

陳菊的出生地在宜蘭，南方卻熱切召喚著她。她的心靈，定居在高雄，高雄是她心靈的故鄉。

「我對高雄的認知，是從南台灣的政治人物開始。從郭國基先生、與郭雨新先生關係深厚的高雄縣的余登發老先生及其家族，這些政治人物都有一個特點，就是正直與強悍，在跟國民黨鬥爭的過程中，幾乎毫不妥協，樹立南台灣政治人物的典型。高雄的選舉在南台灣也是獨樹一格，三鳳宮前面萬人空巷的景象，每次都令人熱血沸騰。」

「另一個因素是施明德。他還在坐牢的時候，我就認識他的前妻陳麗珠，她身爲政治犯的牽手，也有南方那種面對惡勢力的強悍，爲了施明德到總統府陳情、什麼事都在所不惜。

施明德出獄之後，認爲我最適合高雄，他當時說，南方需要耕耘，像我這樣的人，應該會得到高雄人的疼惜，這讓我受到很大的鼓舞。」

永遠的大哥施明德

當年，陳菊開始關心施明德，是因爲國際特赦組織透過管道希望了解他在獄中的狀況，促使她尋找相關資料，並且與陳麗珠等施明德家屬聯繫。一九七七年，施明德囚滿十五年出獄，投入蘇洪月嬌的省議員選戰，陳菊等黨外新生代才眞正與他本人結緣。

「在恐怖的年代，台灣的政治犯能活著歸來已屬萬幸，願意立即投入黨外民主陣營的很少，多數都在幕後關心，但施明德和黃華是異數。一九七八年，『全國黨外中央民意代表助選團成立』，施明德被公推爲總幹事，我是執行祕書，這段期間他的處境險惡，國民黨加諸任何罪名就能立刻讓他回籠恢復無期徒刑，大家都爲此擔心不已，我的好朋友艾琳達對他非常同情、關注和傾慕，願意和他結婚以保護他免於再次被捕。」

陳菊說，這段革命婚姻，她是間接的促成者，在美國大使館的結婚證明書上，她與蕭裕珍是證婚人。那一年，陳菊被警總約談後釋放，施明德和艾琳達以特殊的婚禮慶賀她的歸來，雷震擔任主婚人、康寧祥是司儀、陳菊是名副其實的介紹人，他們的結婚進行曲以〈綠島小夜曲〉取代。

兩人離婚的時候，也是找陳菊到他們家裡簽字。縱然心裡有一千個不願意，她還是不得不做了最後的見證。

「這麼多年來，我見過他黯然跑到女兒學校，遠遠望著愛女不敢趨前相認的酸楚；我見過他面臨家庭破碎的煎熬、見過他不忍背離情感的掙扎；我見過他在同志相棄、相煎下失敗的痛苦，也見過他因路人相認感謝他爲台灣坐牢的感動和欣然。」

同爲美麗島事件難友，陳菊後來與施明德兄妹相稱，視他爲「永遠的大哥」，他總是喚她「老妹」。施明德教導陳菊坐牢的哲學，在她面對十四、十五號公園拆遷抗爭等政治危機時挺身相助，她坦承，在思想和政治啓蒙的道路上，除了郭雨新先生和林義雄等人之外，施明德是她學習的對象，她與眾多一路走來的弟兄也有著濃得化不開的革命情感。

因此，施明德第一次參選立委時，陳菊特別寫文章爲他拉票；施明德後來離開民進黨，與昔日同志漸行漸遠，陳菊百感交集。

公開信

然而，即使革命情感、兄妹情誼再濃厚，陳菊依然要堅持她的大是大非。因此，在施明德大動作倒扁之際，內心煎熬的她，最後還是向「大哥」發出公開信，大聲說出她的不同意，呼籲他「不要在人民的仇恨上去做一個自我的英雄！」

陳菊反對施明德倒扁，和民進黨其他人用攻擊私德和冷嘲熱諷的語言是不同的。她的立場和偏藍的龍應台反而有點相像。陳菊表示：「我和施前主席有一根本的不同，就是他認爲現在是要重新搞革命、搞『聖戰』的時候了，我則認爲台灣早就過了革命階段。我們花了二、三十年，有人坐牢，有人流血，好不容易有些許成果，現在的工作絕不是重回井崗山打游擊。我們要給初生的台灣民主一個機會，否則這個民主永遠無法長大成人。」

「看看菲律賓，一九八六年，『人民力量』打倒了獨裁的馬可仕政權。五年前，同樣一股『人民力量』又推翻另一位民選總統艾斯特瑞達。去年以來，現任艾若育總統的反對派，又一心要以『人民力量』來拉她下台，逼得菲律賓在今年三月第二次進入緊急狀態。這樣習慣性的用非體制的方法趕走不喜歡的國家領導人，難道是台灣要走的道路？我們難道要成爲菲律賓那樣的『失敗民主』？」

「民主制度從來就不是完美的。民主制度選出來的總統可能是壞蛋，所以憲法也規定可以用彈劾、罷免的手段讓總統去職。但如果你辦不到，你就必須承認你個人的不滿還不足以否定他當初得到的選票。你下次投票時可以不選他，或者不選他那個政黨，但你不能因爲自己等不及了，就要『私了』。別說你現在募得了一億元的『承諾金』，就算你募得了一百億，那也不代表你有任何權利去超越於民主制度之上。」

儘管理念不同，陳菊還是主張要百分之百尊重施明德領導的倒扁運動，她也呼籲民進黨的同志不要攻擊施明德的私德。陳菊認爲，現在整個社會都在看民進黨要如何反省，要如何找回創黨的價值。如果民進黨連面對靜坐示威都要提心吊膽，都要搞人身攻擊式的反制，那麼民進黨的群眾基礎只會越來越窄，理性中道的力量也會離民進黨越來越遠。

這樣的呼籲對黨中央似乎發生了一些作用。行政院長蘇貞昌立刻呼應不要攻擊施明德的私德，黨中央也下令不要反制。但是，一些深綠人士的不滿也隨之而來。在他們心目中，施明德是國人皆曰可殺的「賣台分子」，任何人去說句公道話都被列爲戰犯。對這樣的局面，即將面臨高雄市長選戰的陳菊也只能嘆口氣，靜待風雨過去。

參選高雄市國大代表

《美麗島》雜誌創辦之前，陳菊已經將戶籍遷到高雄市，「地址是民族一路七十五號之一，施明德三哥施明雄的家裡，我到現在都還記得。其實，黨外的人並不會將參選公職當成一生的目標或最終目的，而是將參選當成一個過程與手段，如果有需要，就去扮演這樣的角色。很多時候，我們不知道明天在哪裡，因爲可能明天就坐牢，在那樣的時空之下，很多狀況都是未知的，將戶籍遷過去，只是爲自己在運動裡扮演的角色多尋求一種可能與機會而已。」

當時，陳菊在國外將近半年的時間，回來台灣，除了擔任《美麗島》雜誌社的編輯，也成爲專職的《美麗島》南台灣高雄服務處副主任。除了定期北上參加編輯會議，大部分的時間她幾乎都在高雄，透過雜誌社舉辦許多座談，「當時，台北人好像不知道有什麼黨外，也不是他們不關懷民主運動，而因爲北台灣是統治者的領導中心，控制比較嚴格，民眾冷漠的居多。但是，在南台灣，面對像我們這樣的人，人民都是熱情有加，那種握手的勁道都不一樣了；像我們這樣的民主運動者，在南台灣得到相當鼓舞的力量，原來人民是支持我們的，我深深感覺吾道不孤，心靈不再那麼孤獨。」

然而，不到幾個月，就發生美麗島事件，陳菊受困黑牢六年多，假釋出獄的時候，高雄的黨外特地由張俊雄服務處為她辦了一個歡迎晚會。儘管陳菊投入台灣人權促進會的工作，但她的許多好友都在高雄，也與高雄保持高度密切的關係。

一九九〇年五月二十日，李登輝依據憲法第四十條及赦免法第三條後段規定，特赦美麗島受刑人，原本被判刑十二年、褫奪公權十年的陳菊，恢復政治的參政權。當時，最接近的選舉是國大代表，許多人主張她應該在台北市或台北縣參選，也有人建議她到高雄，「我很快就選擇在高雄市參選國大代表。我總覺得，高雄似乎有一種聲音在呼喚，彷彿我屬於這裡，就應該回到這裡。」

選舉過程裡，許多選民的默默支持讓陳菊非常感動。例如她的競選總部，當初看到適合的地點，聽說屋主是長老教會的翁長老，於是透過管道詢問，對方一聽說是她要借用，一口就答應了，還說不必收錢。沒多久，有位樸實的老先生到總部，說要找「阿菊姊」，最後低調客氣地表明，自己就是屋主，準備捐錢給她。陳菊相當感動，每年過年都寫卡片問候他，「後來，我才發現他竟然是蕭美琴的親姑丈，這是最近幾年才知道的，已經事隔十多年了。」

陳菊回到高雄參選，並不是完全沒有阻力。儘管外界認為她為了美麗島事件坐牢、肯定她對民主運動的貢獻，然而，一旦她選擇在高雄投入選戰，馬上就引起競爭者的排斥，讓她在高雄的選戰顯得孤單。

「我可以感覺，回到高雄市南區參選，有人認爲我好像要分一杯羹，這樣的狀況讓我非常有感受，但我一笑置之。像我們這樣的人，本來就沒有什麼背景，不是靠什麼大老，而是仰賴選民的疼惜，幸而選民對我有著很大的支持力量。當時，打擊我的耳語很多，他們說不出我有什麼不適合的地方，只能耳語說，我的聲勢太好了，穩當選的啦；民進黨沒有組織票，選民希望多幾個人當選，被視爲呼聲高的，反而容易被瓜分票源，甚至開高走低而導致落選，選情就變得那樣擺擺盪盪。」

國代選戰最後兩天，除了陳菊之外，民進黨其他候選人都有在地政治人物陪他們掃街，也有人祭出哀兵的悲情，訴求說自己從來沒有當選過，希望博得選民同情。驚險的情況下，高雄人疼惜的陳菊終究當選了，那個時刻她至今依然難忘，「我通過選民的洗禮，我是高雄人了，我屬於高雄！」

當選後，陳菊剛開始與黃昭輝設置共同服務處，後來單獨成立「台灣菊工作室」，從事社區生態環保工作，李昆澤等人從此也在高雄扎根。

北上接受挑戰

陳菊擔任高雄市國大代表的第三年，民進黨全面投入省市長選戰，當時她全力在高雄市輔選張俊雄，重要的牽手之夜等幾場大型活動，也會北上奧援參選台北市長的陳水扁。阿扁當選首都市長，派「羅馬」羅文嘉、馬永成南下遊說陳菊接任台北市社會局長，她長考一個星期，才決定接受挑戰。

其實，將高雄當成新故鄉的陳菊，當時已經買了房子。「從選國代開始，我在高雄陸陸續續搬了五、六次家，搬到後來幾乎快要抓狂，實在太辛苦了。那些房子都是租的，或是朋友借我暫住，總是無法長久，所以我下決心貸款買了房子。高雄人都喜歡住透天厝，可是當時的房價是有史以來最貴的，我只買得起公寓裡的一層，差不多三十幾坪，格局蠻方正的，就在中華路，即使在台北市社會局工作的那段時間，我也會回高雄、回自己的家，直到現在，我還是住那個房子。」

剛開始，陳菊同時兼任高雄市國大代表與台北市社會局長。國代任期屆滿，她還是經常回到高雄，高雄的社福、身心障礙團體上台北，也都會找她切磋各項福利政策。「這是民進

上：陳菊蒐集的人權海報。

中：一九九一年，參選高雄市國大代表，葉菊蘭到場加油。

下：陳菊參選國代，林義雄（右）與現任《新台灣週刊》主筆老包（左）陪同掃街。

上：「壓不扁的台灣菊」是陳菊參選國代的競選主軸。
下：二〇〇一年拿到中山大學公共事務研究所碩士。

黨第一次有機會在首都執政，工作雖然非常辛苦，但是大家很有光榮感。市府團隊在全台各地都得到高度的肯定讚賞，提起自己在台北市政府，每個人的嘴角都是上揚的，笑得好像一朵花。」

然而，高度獲得肯定的政績，竟然敵不過台北市的選民結構，阿扁爭取連任市長竟然落敗了，這是陳菊難以想像的事情。「這樣的結果，對民進黨、對市府團隊、對我的打擊都非常大，日也拚、暝也拚，結果卻彷彿逃不過『做死也無效』的政治宿命，實在令人很沮喪。可是，第二天，回到我的辦公室，我找來所有主管，希望他們將重要業務整理出來，讓繼任者可以很快進入狀況，不能因爲我們要離開就隨隨便便，這對台北市所有需要照顧的人才是正面的。大家都哭得很厲害，因爲沒有想到我們是這樣來、又是那樣的離開。」

「台北市政府的文官對我們本來是完全陌生的，除了知道我是美麗島叛亂犯之外，對我的人生信仰、人權弱勢關懷、文官中立理念，都是毫無了解的。然而，我認爲，文官是執政的重要基石，如果他們處於不穩定的狀態，必須看執政黨的臉色，或者淪爲執政者的工具，將是人民的悲哀，過去幾十年來的台灣就是如此。我們執政，就要改變這些不合理的做法，確實做到文官中立，因此，我們要離開了，他們才會感到不捨。」

心境有點落寞的陳菊回到高雄，「人生的境遇很難說，繞了一圈又回到高雄，我覺得，就像是回家療傷。」

高雄市社會局長

當選高雄市長的謝長廷，邀請陳菊加入市府小內閣。她剛開始的想法是轉換跑道，希望到民政局推動不一樣的工作，謝市長欣然允諾，也將團隊名單做了調整，不料，消息傳開來，高雄市的社會福利團體竟然聯名抗議，他們堅持陳菊最適合社會局，對於她可能轉往民政局表示強烈失望。

民間團體的反應超乎預期，到了第三天，長考之後的陳菊，主動打電話給謝長廷說，「很對不起，那我還是到社會局好了。」

有了台北市社會局的執政經驗，陳菊在高雄駕輕就熟。不過，她發現北高兩市的資源相當不平等，台北市社會局每年有一百多億預算，高雄市幾乎不到一半、社工規模也只有台北市的一半，但陳菊認爲，妥善運用有限的資源，高雄市還是可以積極發揮自己的特色，呈現比台北市更好的品質，而民間力量就是最強的後盾，「高雄市政府跟民間團體的關係，與台北有很大的不同。台北比較多的是業務關係，但是南台灣的高雄人情感很濃烈，即使我離開那麼久，他們的熱情卻如同昨天一樣，這就是人民的在地性格，充滿了熱情。」

在民間奧援下，高雄市的老人關懷、社區發展、弱勢婦女照顧、殯葬改革都走出自己的一片天空。「令我非常難忘的，是爲精神障礙者開闢菜園。我們請建設局將閒置空間交給我們，在當地的金獅湖開闢庇護花園、菜圃，這在南方是第一個，他們第一次剪向日葵的喜悅表情，到現在彷彿還在我眼前。」

九二一救災

另一個充分展現高雄性格的事件，就是九二一大地震。

「台中縣、南投縣是災情最嚴重的兩個地區，台中縣政府的劉世芳、許傳盛跟我通了電話，南投縣則是陳婉眞在那裡，我了解他們的需求，馬上透過電台展開呼籲，高雄市成爲第一個站出來呼籲大家援助九二一救災工作的地方政府，人力物力資源也是第一個到達九二一地震災區的。」

「來自高雄市各界的捐款有十幾億，物資堆積如山，市政府整個中庭全部滿了、外面也擺滿了，爲了整合資源，社會局扮演很重要的角色，透過接受媒體訪問，讓大家知道現在災區最需要什麼。人民的熱情超乎想像，例如我們呼籲大家不要再送舊衣服，改成需要棉被，結果市民馬上又送來一堆棉被，每天都有二十幾輛車子將物資送到災區；上午宣布需要捐血，中午血庫就爆滿了。我們可以看到，整個南台灣對九二一災區的支持，台灣民間的力量、那種愛的力量，非常非常令人感動。」

當時的市府廣場，好像一場大規模的群眾運動，深夜十二點多，還有上萬民眾等待在那裡，準備隨時吆喝一聲就跳上車子去幫忙。面對高雄人熾熱的愛心，陳菊反而必須拜託大家，夜深了，先回去吧。

「除了物質的供應，還有一個大家想像不到的，就是殯葬工作。許傳盛打電話給我說，許多往生者因為地震遭受過重壓，加上天氣很熱，屍身不能久放，可是災區卻有某些不肖的殯葬業者壟斷，不曉得高雄市能不能幫忙？我說當然可以，只要有車子可以運送過來，一切都由社會局負責。」

「他們將往生者從東勢送來，我們的殯葬處特別設了一個服務區，洗身、火葬都完全免費，相對於災區有人趁火打劫，整個高雄的殯葬業聯合起來，跟社會局合作發揮愛心，實在令人感動，因為平常替往生者洗身等工作的收費並不便宜，當時有些震災遺體淒慘的狀況眞是一言難盡，但他們都不收錢，表示很願意為罹難者服務。」

「民間出錢出力，罹難者家屬到高雄來，民間團體也提供許多物資，替他們將吃住都打點好，還有兩萬元的安家費用，讓他們很有尊嚴。就這樣，東勢來了許多車，後來客家的石岡鄉也有人送來，他們在高雄得到非常溫暖的對待。」

「那些天，我幾乎都在那裡。最難忘的是中秋夜，我在殯儀館，大概是最後一批，從埔里來的罹難者，一車好像有十幾位往生者，用簡單的棺木、冷凍車送來，味道很濃了，家屬們都戴著口罩。市府事先並沒有接到通知，車子就到了公祭廳，我們連口罩都來不及戴，爲了尊重也不可能以手掩口鼻，就直接爲往生者服務，我從家屬眼裡，看到充滿感激的心情。」

「當時，社會局同仁分批輪班服務，那種同胞愛，我一輩子也不會忘記的。當面臨天災的時候，對方雖然不是親人，卻是我們的同胞，他們的受苦就是我們的苦楚。我看到家屬有老、有少、有幼子，看到他們的種種哀傷，人的生命眞的如同過眼雲煙，在你毫無警覺的時候，一夕之間，就消散了；人都是很脆弱的，當你呼吸停止，身體馬上開始會有味道，而生命裡所有的一切，沒了就是沒了。看到這些，我會覺得，人，眞的沒有什麼好爭的。」

後來，陳菊也率領社會局的同事到九二一災區服務，遇到唱片界的邱晨，他住在東勢，左鄰右舍死了一、二十人，「他邊講邊哭說，有個平常跟他玩的小女孩被壓死了，當時什麼都沒有，他跟太太去買小洋娃娃、小鞋子，放在小孩的棺木裡，找一些她的年齡所應該擁有的東西，送給她去火葬。」

「在高雄，所有九二一的受災戶，不論來自石岡、東勢或埔里，每個人在這裡，可以感受到台灣有很多溫暖的地方，面臨重大災難的台灣，呈現出來的反而是非常美的人心，這，才是眞正的台灣。後來，石岡鄉民投書《民眾日報》，特別感謝高雄市社會局，文章裡頭也提到我，他們聯合公祭的時候，我也到場拈香。那年總統大選，我到石岡拜票，格外感受到鄉民對我的親切，這樣的情感實在非常難忘。」

完成碩士學業

陳菊也在高雄完成她的學業。加入謝長廷的市府團隊之前，她原本已經在世新社會發展研究所讀了兩年，後來回到高雄，面臨要不要繼續上課的掙扎。爲了做好社會局的工作，下午的課都沒辦法上，「就算晚上趕到台北，通常也是八點多了，老師看我很可憐的，邊聽課邊拿著一個麵包充當晚餐。我一直在想，能不能念下去？不念，以乎有點可惜，可是這種方式根本沒辦法將書念好，就算上課也牽掛著放不下我在高雄的工作。」

後來，中山大學公共事務研究所招生，陳菊抱著姑且一試的心情，「那麼老了，其實很怕人家知道，我偷偷報名，不願意驚動別人，想不到，考試當天一走進去，就被ＴＶＢＳ拍到了，問我到那裡做什麼？上了樓，又遇到蘇嘉全，原來他也不想讓人知道。這樣的考試很有壓力，幸而，最後眞的考上了。」

中山大學所在的西子灣，景觀開闊美麗，向來是陳菊的最愛，「兩年多的時間，我在最喜歡的高雄做我最喜歡的工作，一方面又在我最喜歡的西子灣讀書，因爲選課蠻自由的，很多課可以選在晚上，然後傍晚在那裡看夕陽，每天的風景都不一樣喔，那是我最舒服、最安靜的時光。」

然而，在表面平靜的時刻，生命的意外卻悄悄向陳菊來襲。那時，陳水扁代表民進黨參選總統，陳菊就近在南台灣輔選，既要上班、上課，又要奔波助選，過於疲累而感冒了，因爲感冒病毒的影響，右臉突然顏面神經麻痺。「我從來不知道什麼叫做顏面神經麻痺，那天，助選完，回到家已經十二點了，刷牙準備睡覺的時候，我突然覺得怪怪的，漱口有點沒力，想要將水吐出來，卻不太吐得出水，而且看起來臉部有點歪歪的，我想會不會是自己太敏感呢？就先去睡覺了。結果，清晨五點多醒來，越看越不對勁，第一個想到的是，我會不會中風了？」

「我打電話給衛生局長陳永興，他說，如果是中風，就沒辦法打電話給他了。我稍微描述一下症狀，他很快就研判沒什麼大不了，應該就是顏面神經麻痺。我一直追問，是不是要馬上掛急診？他很輕鬆的說，不必啊，八點再去門診，找一個神經科的醫生就好了。」

「可是，我根本睡不著了，巴不得立即去醫院。八點多去看醫生，他敲一敲說，不嚴重，大概兩個禮拜可以痊癒吧，我當場想，還好，不太會影響到助選。現在想想，實在有點好笑，到了那種時候，我居然只想到助選的事。其實，似乎沒有那麼重要，就算沒有我，選舉活動也是照常進行，但是，責任心卻讓我幾乎忘了自己的健康。」

陳菊吃了一星期的類固醇，接下來就是每天吃維他命B群，每天將黃耆、紅棗、枸杞熬的養生湯當水喝，提升免疫力。「其實，兩個禮拜是不會好的。我有三、四天無法上班，剛恢復上班也口齒不清無法講話，於是遵照醫生指示，每天在臉上針灸。眞正可以重新站上舞台助選，已經是一個月以後的事了。」

「那時候才知道，原來我也會生病，我也是沒什麼路用的血肉之軀啊。這個病有點嚇人，幸而後來恢復得不錯。不過，這也給我一些啓示，我發現原來自己蠻辛苦的，有時候，應該多給自己一點空間。」

即使阿扁當選總統，陳菊必須離開社會局的工作，她還是依戀著高雄。「聽說要我到勞委會，我的內心當時有許多掙扎，高雄的民間團體也不樂意。不過，他們後來覺得，我可以爲全國勞工服務也是一件好事，於是替我辦了歡送會，特別替我頭戴花環、好好打扮，把我嫁到中央去。」

利用週末假日完成學業，陳菊在二〇〇一年拿到中山大學公共事務研究所碩士，依然南北兩頭跑，直到辭去勞委會主委職務，她終於重新在最愛的南方安定下來。「高雄，就是我的家。西子灣在中山大學宿舍的旁邊，有許多可以坐下來喝茶、看夕陽的地方，我也非常喜歡在中山大學的校園走路；我住的地方，在中華一路，距離美術館還算蠻近的，騎車差不多十分鐘的路程，沿途整理得非常漂亮。高雄市很多空間解放，在謝市長及陳其邁、葉菊蘭兩任代理市長的努力之下，以往看不到海的狀況已成爲過去，你會發現，原來我們與海這麼接近。」

陳菊說，原鄉無法選擇，那是你出生的地方，然而，幸運的人，在原鄉之外，可能另有心靈的故鄉。

如今，她深耕心靈的故鄉。在西子灣看落日餘暉的時候，在愛河漫步納涼的時候，在港園吃一碗牛肉拌麵、在自強路福生兄那裡喝個冷凍芋涼湯，或者在牛老大打牙祭吃火鍋的時候，或許，你會不期而遇發現，幸福的高雄人陳菊，就在你身旁。

第六章 人間燈火，社會菊

在投入民主運動或坐牢的過程裡，陳菊原本沒有想過自己會進入政府部門做事。她說，「以我過去所扮演的角色，就是一個反對者，面對不公不義的情況，站在政府的對立面，維護人民的立場。」

然而，了解陳菊的人卻覺得，或許，連她自己也沒有意識到，爲了迎接這一天，她已經準備了許多年。

那個源頭，可能萌芽於她還是高中生的時光，並且因她後來長期投入台灣人權工作的經歷而漸漸茁壯。多年後，她在四十歲自述，雖然她無法像宗教家那樣摒絕世俗、奉獻人世，但目睹羅東天主堂修女們對弱苦者不忍與不捨的這段過往，卻深深影響了她的人生。

關懷弱勢者的根苗，悄悄播種。由在野走入執政體系的過程裡，人權思維就這樣引領著陳菊的道路。

台北市社會局長

陳菊的執政經驗，從台北市社會局開始。

那個關鍵的年代，是一九九四年。北高市長、台灣省長首度民選，民進黨推出台北市陳水扁、高雄市張俊雄、台灣省陳定南的聯合競選陣容，轟轟烈烈迎接「四百年來第一戰」。

在此之前，民意全面終結萬年國代，國民大會全面改選，因爲高雄美麗島事件受刑、在台灣人權促進會默默耕耘的陳菊，隨即返回港都落地生根，獲得高雄市民溫暖的擁抱，順利當選國大代表。面對省市長民選的世紀選舉，她全力投入以高雄爲主的輔選工作。

激戰過後，陳水扁的「快樂、希望」在首都勝出，爲民進黨建立新的灘頭堡。人稱「羅馬」的阿扁左右手羅文嘉、馬永成，專程到高雄來，遊說陳菊北上接任台北市社會局長。

當時，陳菊已經開始專心準備隔年的立法委員選舉。長期投入人權工作的她，自認不夠了解社會福利實務，對於這個意外的邀約，感到猶豫。

「羅馬」積極遊說，以她的歷練，必然很快就進入狀況，未來可以依照她的人權理想，將台北市社會局每年一百多億預算做最公平的分配，讓最弱勢的老弱婦孺得到最好的照顧。

接或不接，陳菊的朋友，有人贊成，有人反對。「當年，台北市議會生態是三黨鼎立，不論國民黨、民進黨或新黨市議員都很強勢，許多友人憂慮，民進黨色彩濃厚的我將會變成指標人物，可能招致敵對陣營刻意的羞辱，我的臉皮向來很薄，似乎不太適合。」

然而，「另一派的意見則是提醒我，應該好好思考，這麼多年來，搞了那麼多的運動，究竟是爲了什麼?政治，就是眾人之事，執政、擁有行政權，很多不合理的地方才有改革的可能。種種的努力與理想，如果不透過執政去實踐，就變得永遠只是浪漫而已。」

究竟要如何抉擇，陳菊內心有很大的掙扎，甚至一度想要推辭。「今天覺得很好，明天想想，又好像不妥，左思右想，後來還是覺得應該去接受試試看。對我而言，這是蠻大的轉變，從在野到執政，必然要比較務實，將理想化爲實務並不是那麼簡單，學習國家公權力必須經歷依法行政等等過程，不是夢想要做什麼就可以做什麼，我們必須爲這個過程做很多準備。」

身爲領導者，任用什麼樣的人，代表他的執政思維。陳菊站在阿扁市府小內閣的隊伍裡，形象相當鮮明，大家都很清楚她站在哪一邊，接下來，就是角色調適與磨合的問題了。

「我對社會福利，其實不是那麼專精，所以找了最優秀的幕僚，例如台大社會系畢業的許傳盛、台大社會研究所畢業的蔡淑芳。爲了立即在最短時間熟悉業務，我們眞的非常用功，接受市議員質詢前一個禮拜，我利用週末假期，星期五早上揹了塞滿模擬題及資料的包包，坐飛機到台東老爺大飯店，閉關三天，禮拜天再搭末班飛機回到社會局，傳盛與後來的主祕黃清高，就模擬議員陪我演練，看我有沒有融會貫通。」

社會局業務與人民息息相關，可以說是從搖籃到墳墓的部門。陳菊一上任，在兩週內陸續提出發放老人年金、三歲以下嬰幼兒醫療免費、增加婦女福利預算等政策，這也是民進黨與陳水扁的一貫主張。

然而，除了實踐既定承諾，她也凝聽到社會角落微弱的聲音。

放寬法規，兼顧人性

那天，陳菊去訪視非法的老人安養中心。一上樓，就聞到排泄物的悶臭味，走進去之後，看到許多老人們躺在那裡。有位插管的老先生無法言語，旁邊的人向他介紹著，「這是社會局陳局長來看你。」淚水，從他的眼眶緩緩流了下來。

輕輕拍了拍老先生，陳菊心疼地想著，生命的尊嚴在哪裡呢？

她發現，台北市的老人安養中心多數沒有登記，主要原因是建築法規有許多不合時宜的要求，那些規定讓安養中心很難在台北市合法經營，政府對這些未能登記立案的老人安養中心，反而無法提供應有的協助與支持、建立更好的監督與規範。對許多亟需安養的老人及他們的家庭而言，不管合不合法，並沒有太多選擇，就像那位無助的老先生，終究還是躺在那裡，無法言語，也無力爲自己爭取更合乎人道的待遇。

在社會局的協調下，台北市後來放寬了一些法規，努力協助老人安養中心合法化。然而，想讓所有老人都得到起碼的照顧，還有漫漫長路要走。

那天早上，八點多，陳菊一進社會局辦公室，有位七十多歲的外省籍老太太等在那裡，一看到她就跪了下去。「我嚇了一跳，趕緊將老太太拉起來，詢問是什麼事情？原來，老太太的丈夫，住在關渡的浩然敬老院。當年，她先生在大陸被國民黨抓去當兵，軍隊轉進來到台灣，隔著海峽兩岸，兩人一分離就是四十幾年無法往來；好不容易開放返鄉探親，老先生已是糖尿病纏身，重病躺在床上，只有這個老妻可以照顧他。」

「老太太不是台灣公民，也沒有拿到中華民國身分證，無法伴隨老先生住在敬老院裡，只好在附近租個小房子，每天再到院裡看護陪伴，然而，每次替先生到餐廳打飯，她都被旁人以異樣的眼光看待，覺得被指指點點很難堪。相隔四十多年，這對老夫妻終於可以團聚在一起，經過多少顛沛流離，老太太也不捨得將他放棄。她哭得淒慘，希望我能夠幫幫忙。」

陳菊聽了，既感動，又感慨，「很多人在歷史的洪流之中受苦、受折磨，他們沒有任何過錯，而是造化弄人」，身為社會局長的她，無論如何，都要協助這對悲情的可憐人。

陳菊運用行政裁量權，協助老太太住進浩然的夫妻房。此後，她過年過節到浩然，都看到老太太推著先生出來參加活動；兩位老人看到陳菊，總會過來向她道謝，她也特別問候他們過得好不好。

雖然有過許多歷史的傷痕破碎，至少他們現在可以廝守在一起了；七十多歲的老太太，想替先生拿一顆饅頭、打一點菜，再也不必擔心受到歧視。

陳菊深深體悟到，這，就是執政的人所能夠做到的。政府官員推動政策、依法行政，不過，在法理之外，還需要一顆柔軟的心、適度兼顧人性與人情的行政裁量，為受苦的人們多開一扇窗、多圓一點點夢。

這是好多年前的事了。直到現在，陳菊回想起那對老夫妻相伴的模樣，內心都會微笑。可以協助他們，真好。

上：台北市社會局長任內，與施明德、許信良合影。

下：台北市社會局長任內，與中國民運人士魏京生（右二）、新聞局長羅文嘉（左一）、都發局長張景森（右一）合影。

然而，執政的考驗是嚴酷的。包括陳菊在內的市府團隊，很快就面臨第一個危機。

快樂頌KTV大火事件

一九九五年四月十七日凌晨，台北市漢口街的快樂頌KTV發生大火，奪走十三條寶貴的生命。距離陳水扁就任市長，僅僅五個月。

半夜兩點多，陳菊接到市府祕書長廖正井電話通知發生火災，十幾個人死亡、還有許多人重傷。「我連臉都來不及洗，匆匆套上牛仔褲，緊急打電話叫醒司機。趕到馬偕醫院，大概是三點左右，阿扁市長已經到了，想到執政的責任、建築公共安全的督導，每個人都心情凝重、面色眞的土土土。」

再趕到中興醫院太平間，二十二歲往生者簡文惠的家屬悲愴哀嚎，抱著她痛哭失聲，另一位長輩聲聲催促著，「阿扁仔，要替我們討回文惠的命！」一次又一次，代表市府前去慰問的她濕紅了眼眶。

在醫院忙到天亮，陳菊匆匆回家洗澡換衣服，馬不停蹄趕到辦公室參與專案處理會議，陪同陳水扁市長召開記者會說明，下午再到市議會報告。

市議會質詢結束是晚上八點，回到市政府已八點多了。還來不及喘息的陳菊，卻接到殯葬處長的電話說，快樂頌的家屬在抗議，質疑沒有任何市府長官探望關心他們，揚言拒絕將罹難者移入冰庫。

陳菊愣住了，家屬清晨的悲泣猶在耳邊。奔波了一天，怎麼會被責備不聞不問呢？轉念一想，即使她再忙、再累，也苦不過痛失親人的罹難者家屬。他們的需求，還是必須最優先面對的。

於是，她向市長辦公室的馬永成通報這個狀況。不到兩分鐘，小馬就從市長室跑下來，請她立刻到殯葬處去。

「要重新面對那麼多悲淒的家屬，其實，我是有點害怕的。害怕的是，不知道如何向他們解釋，民進黨既然在台北市執政了，為什麼還會發生這樣慘重的公共安全事件？但是，我終究不能不去，於是請負責快樂頌專案小組的副市長白秀雄一同前往，那時差不多晚上九點了。」

「當時，殯葬處特別騰出一個房間安置罹難者，我看到遭烈火焚身而肚腹鼓脹的身軀，靜靜躺在那裡，其實再也經不起任何折騰。一進去，激憤不已的家屬罵著，你們不用來啦！來做什麼呢？有人氣極了，還拿國民黨要員吳伯雄爸爸剛剛往生的事情來比擬，冷嘲熱諷說，吳伯雄爸爸命比較值錢啦，我們這些小市民算什麼！」

陳菊虔心行禮，希望先向罹難者上香致祭。然後，在小小的房間裡，她忍著滿室繚繞熏眼的煙霧，在十幾具亟待安頓的遺體旁邊站了兩個小時，向家屬一一說明，市政府可以做哪些處理、如何協助家屬避免快樂頌KTV脫產。原本相當氣憤的家屬，慢慢平靜了；也有人還算認識她，對她的接納度比較高，場面才漸漸和緩下來。

陪伴家屬，陳菊直到半夜十一點才離開，走出來的時候，不禁有著想哭的感覺。「執政，真的很辛苦。然而，我內心更痛苦的是，民進黨在台北市執政沒多久，就發生這樣的慘劇，十幾條人命、十幾個家庭，站在罹難者、受害家屬的立場，情何以堪？在野，盡可以縱情高談闊論，執政卻是如此沉重而且無所不在的責任。」

第二天上午，副市長陳師孟探望家屬，阿扁市長中午又親自去了一趟。陳菊忙前忙後，花了很長的時間撫慰家屬、協助各項善後事宜。

三個月後，在追悼法會的答謝儀式裡，快樂頌KTV的罹難者家屬，致贈一個「慈愛感戴」的匾額給陳水扁，答謝市府的各項協助，阿扁將它放在每週接見市民的接見室。對陳菊而言，這個匾額意義重大，「一群受害者，後來卻願意表達感謝，證明用心協助大家維護權益、避免家屬的情感再受二度傷害，他們終究可以了解我們所做的努力。」

若干年以後的立委選舉，陳菊在彰化爲周清玉助選。有一個人跑來跟她打招呼，寒喧幾句之後，自我介紹說：「我是快樂頌的家屬。」

陳菊立刻回想到，當年家屬激動的場景、當時這個人好凶的表情，想不到，他後來竟然可以變成朋友，甚至回到彰化故鄉還願意替民進黨的周清玉助選。這樣的事、這樣的人，讓她永難忘懷。

執政就是如此。披荊斬棘，面對危機與困難，挑戰自己的極限，也照見人性的幽微與光明。

殯葬改革

在快樂頌事件裡，殯葬處扮演吃重角色。事實上，接任局長之後，陳菊才知道，殯葬原來是屬於社會局的業務。

在台北市社會局任內，陳菊推動了相當重要的殯葬改革。看似偶然，其實與她的理念息息相關。

一開始，她視察殯葬處業務，就主動要求看看停屍間，當時的狀況讓她很不滿意。「一進去，我覺得非常不舒服，因爲整理得不好，味道跟環境都很差。越是這樣的地方，越是應該好好整理，這是對死者的尊重，對生者也是一種安慰。」

那是一個很空曠的地方，陳列著冰庫等等設施，有人從冰庫將往生者的櫃子拉出來，等待退冰、化妝準備隔天要出殯。她看到，男性工作同仁在爲一個全身僵硬的女性往生長者換衣服，直接拿著剪刀，從前面將往生者的衣服剪開。

「我第一個感覺是很不忍，爲什麼沒有在一個隱密的空間裡更衣？爲什麼沒有女性工作人員爲她們服務？誰沒有母親、誰沒有姊妹？大家把親人送到殯儀館之後，接下來怎麼做，幾乎沒有人知道。外界看到的是，隨著不同的人際人脈、世俗社會地位不同、風光程度也不同的出殯場面，背後在停屍間的過程卻無人知曉，我看得非常難過。」

對於她的疑問，殯葬處解釋，只有女性的化妝師，因爲沒有女性工作人員願意做洗身等殮工的工作。

陳菊沒有講話。但是，離開那個場所之後，她要求停屍間未來必須要有隔間，將男女的往生者分開，而且一定要聘僱女性工作人員，爲女性往生者做最後服務。她也詢問，可不可以將心比心，洗身的時候不要直接使用冷水沖洗？

他們回答，因爲往生者從冰庫出來，用熱水會造成皮膚破損。她聽了很心痛，可是也沒有辦法。

不過，她還是堅持，必須在一個月內找到女性的殮工，她願意去爭取預算，多少錢都沒關係；並且建議他們，應該朝具有宗教信仰的方向去找，比較容易找到願意工作的人。

對於殯儀館的周遭環境，陳菊也有很多意見。她要求拜飯區重新規劃，至少要潔淨、尊嚴；對於各種不同信仰者往往擠在火葬場，道教要作法、呼喊往生者趕快跑，天主教、基督教又希望很靜穆，她建議所有儀式在火葬前完成；同時，她也要求管束殯葬業者如同「行灶腳」的混亂情形，做了很多規範。

「在我的人生裡，這是很特殊的經驗。以前從來沒有深深體會到死亡的無奈，生者所做的很多事，往生者並不知道，如果知道的話，一定會備感困擾吧。」

走進停屍間，對陳菊是很大的衝擊，那樣的體驗當然不會是舒服的。然而，陳菊不會忘記，她的許多殯葬處同仁，一年三百六十五天都在那裡工作，終年無休，不管農曆七月或是節慶都要照常上工，即使是除夕團圓夜，直到晚上六點都還在忙著爲往生者與喪家服務。

對絕大多數的人而言，除非萬不得已，幾乎是盡可能迴避他們；了解這群同仁工作狀況之後的陳菊，卻深深感覺到，這是一個更需要尊重的行業。因此，除了端午、中秋、除夕前往打氣鼓勵，她也一定參加尾牙宴，特別重視他們的感覺，希望給他們一些鼓勵。

阿扁就任市長的第一個農曆七月，陳菊破天荒找他到殯葬處，也去巡視停屍間。有位殮工，正在替往生者換衣服，阿扁毫不遲疑地走過去握手，殮工嚇了一跳說，「市長不要啦，我的手很髒。」阿扁當場回答：「三八啦，你在爲往生台北市民服務，感謝你都來不及了！」隨即熱情地握住殮工的手，讓在場者都深受感動。

陳菊認爲，市民或許有禁忌，但身爲市長，一定要打破傳統習俗、給工作人員高度肯定。從此，這項活動變成每年農曆七月的新傳統，阿扁市長一定會到殯葬處視察，讓工作人員得到很大鼓舞。陳菊後來爲殯葬同仁爭取每人每個月一萬五千元的特別津貼，陳水扁也非常支持。

以往，拿紅包幾乎是殯葬處的福利，但陳菊爲他們爭取到津貼之後，如果再發現有人拿紅包，就一定依法送辦。「市民應該受到平等的服務，如果送紅包的喪家就給他們挑選吉日吉時，送不起的就要吃虧受欺，難道貧窮人家永遠都不能翻身？世世代代都要歹命嗎？這非常違反我的信仰。」

從此，她規定台北市的殯葬業務必須在大看板公布，所有內容公開透明，講求公平、避免掛鉤。她鼓勵家屬舉發不公，自己也經常無預警巡視，遇到殯葬「大日」的晚上就去看一下。

改革，總是點點滴滴累積。例如農曆七月，傳統認爲是「鬼月」，婚喪喜慶諸事不宜，即使家有往生者也往往停靈到七月之後，結果殯葬冷凍庫嚴重不足，「關切」冰庫成爲議員的選民服務；於是，她提供優惠給願意突破七月禁忌的喪家，也與入世落實人間淨土的法鼓山合作，鼓勵大家七月是好月、努力簡化殯葬流程。

後來到了高雄市社會局，她也以同樣的經驗去推動。

人墳混居的狀況

陳菊明白，許多觀念的改變，必須仰賴宗教力量潛移默化。然而，執政的責任，如同箭在弦上，她不得不走在前端。

「我發現台北市有一個迫切的問題，就是殯葬設施非常靠近市區，隨著都市的發展，墳墓與住宅混居的現象越來越嚴重。早在阿扁當選市長前，台北市就規劃要遷移福州山、台大自來水廠及公館一帶靠近商業區的墳墓，這些墳墓非常密集，全部加起來大約幾十萬個，有些舊墳隨著時間風化坍塌，又被蓋了新墳在上面，有些則是年代久遠不易辨識，家屬也無法定期掃墓了。」

「在保守的社會，遷移墳墓是件不容易的事。即使是像台北市這樣的都會區，市民或許可以接受你遷移別人家的墳，但若是要遷到自家的墓，就要考慮傳統信仰、風水地理等等許多禁忌。因此，規劃多年，仍然沒有一個市長願意去執行這個城市發展的願景。」

阿扁上任後，有人主張早日解決人墳混居的狀況，遷移墳墓恢復好山好水、種植原生植物，市政會議決心排除萬難去推動，主要責任就落在陳菊身上。

通過計畫之後，市府開始公告，請家屬將墳墓遷移到木柵的富德靈骨塔，再由家屬辨認墓碑、張貼日期，然後進行整地。整理的過程裡，發現有些無主墳墓的屍骨必須合葬，後來聯合葬在陽明山；又有一些家屬事後跑來大罵說，他們要掃墓，才發現祖先的墳墓不見了。殯葬處只能盡全力依照家屬的意願去做，並且再三說明解釋，爲了台北市市容，這是所有城市必經的變遷過程，請他們一定要諒解，而多數人也都可以接受。

前兩年，幾乎都在公告。第三年進行整地，從福州山開始，一面拆除、一面請建設局栽種台灣原生植物，到了最後，還剩下一個大難題。

福州廟的考驗

所謂的福州山，是許多福州前輩來台落腳的地方，當年設置的靈骨塔爽靈閣，俗稱爲福州廟，寄放了數千個靈骨罈，位置就在路旁。其他的地方都拆了，只剩福州廟無法處理，因爲勢力龐大的福州鄉親強烈抗爭，誓言用生命捍衛那個地方，里長擔心強制執行將會出事，民意代表也找各種關係前來遊說，結果一拖再拖，溝通再溝通、協調再協調，一直到整座山都處理好了，福州廟還留在原地，等於功虧一簣。

「那是一九九七年二月底，林森北路的十四、十五號公園預定地違建再過幾天就要拆除，所有媒體的焦點都集中在那裡，沒有太多人注意到福州廟的進度。儘管福州鄉親們還在抗爭，我跟處長說，不能再拖延了，於是我將手機全部關掉，自己跑到現場下令，拆！」

「如果不動手拆，護衛福州廟的群眾永遠覺得還有挽回的可能，直到怪手開拆破壞的一剎那，事情就會結束了。然而，面對群眾，現場官員猶豫再三，於是，我只好從十四、十五號公園趕過去。」

「我親自帶領殯葬處的同仁進入爽靈閣祭拜，心裡默念向那些福州先輩祝禱，基於大眾的利益，今天不得不前來拆除福州廟，市府對於後續安置已經做了妥善安排，祈求他們諒解。不論面對幾度空間的人或事情，我們內心坦蕩，要讓對方了解，這不是爲了私利，而是爲了都市進步的計畫；讓這些人有更好的歸宿、在一個比較適合的地方接受敬拜，其實正是爲往生者服務、就是做無形的功德，相信大家能夠理解。」

然而，儘管陳菊下令開拆，群眾卻不肯請出福州廟裡安置靈骨的奉金甕仔，殯葬處同仁只好自己進塔，小心翼翼一個個將靈骨罈捧出來，再用專車送到富德靈骨塔。那一刻，陳菊壓力很大，這通常是家屬或殯葬業者才會做的事，牽涉到很多非理性的因素，有的人認爲處理得不好將會影響後代等等，同仁們的義無反顧，實在令她感動極了。

一邊拆，再也無法阻攔的里長及福州長輩痛哭失聲。然而，拆除行動一天不完成，先前做的百分之九十九等於是假的，克服那麼多困難的努力都白做了，陳菊只能一直抱歉、請他們諒解。

「拆遷之後，附近的景觀變美了，反對的聲音不再出現。本身也是福州人的馬永成，那時候才告訴我，他的爸爸、福州鄉親們其實給了他很大的壓力，責怪在市政府工作的他無法替自己人維護權益，但他從來沒有爲福州廟的事情找過我，唯恐增加不必要的壓力。」

「台灣人似乎習慣將風景最美的地方留給往生者，隨著社會發展，到處面臨人墳混居的困境。直到現在，我看到各地的亂葬濫葬，總會想起當年的經驗，也會感嘆，或許有一天，社會觀念進步了，才有全面改變的可能。」

十四、十五號公園的難題

那段時間，陳菊其實是蠟燭兩頭燒。度過福州廟的考驗，然而，更爲艱辛的十四、十五號公園戰役還在那裡等著她。

早在一九五六年，台北市進行第一次都市計畫通盤檢討，這個區域就編列爲公園預定地。隨著台北市的繁華，林森北路、南京東路發展成爲重要商業街道，隸屬康樂里的十四、十五號公園預定地卻充斥違建，聚居著日本人的墳墓、退除役老兵、台北市的弱勢戶、流浪到台北的邊際人群，住戶漸漸有了戶籍，有些人即使因爲經濟情況改善而遷移，也還保留著戶口。從李登輝到黃大洲，拆遷工作只聞樓梯響，從來無法眞正進行。

歷經多次折衝，陳水扁市長決定執行，在一九九七年發出拆遷通知。這原本是工務局的業務，跟社會局沒有直接關係，但是扁團隊決心妥善安置弱勢戶，社會局的功能變得非常重要，陳菊再度扛起幾乎不可能的任務。

討論拆遷的過程裡，以台大城鄉研究所爲首的部分學者發出反對之聲，主張不應該拆除。同時，市長選舉期間，阿扁向十四、十五號公園預定地的居民拜票提出「先安置後拆除」

的承諾，也成了燙手山芋。

「阿扁市長確實承諾先安置再拆遷，所以讓工務局評估何時要拆，既然工務局向市政會議提出報告，阿扁認爲這就表示準備好了、不能輕易改變，否則，面對壓力就動搖，這樣的政府將無法做事。然而，面對怪手，弱勢戶是無助的，扁團隊必須展現與過去政府的不同，這就要靠社會局全力進行安置。」

陳菊親自坐鎭，動用一百多個社工員，以十四、十五號公園預定地的廟宇永興宮爲中心，全面進行調查及輔導。距離拆遷日期越來越逼近，政治角力無所不在，其中最大的壓力，來自於具有學術光環的台大城鄉所。

「反對拆遷的學者當時提出很多策略，但我看到的現實是，違建區的生活條件及設備根本不適合居住，換個角度，如果是我們的父母，難道願意讓老人家住在那樣狹窄、不安全與不衛生的環境裡嗎？如果政府有可能提供比較好的居住環境，拆遷，應該是可以討論的選擇。」

然而，有些人認爲，以老弱爲主這群住戶已經形成一個共生圈，即使在一起吃剩菜剩飯，互助的鄰里也覺得很溫暖，一旦將他們遷離生命的共同記憶，可能因爲過度衝擊而加速他們的衰微、甚至死亡。後來，也有人主張在原地興建平價住宅。

對市府而言，不管未來如何規劃，一定要先完成拆遷才可能進行。於是，阿扁決定，讓社會局先將弱勢戶安置好，什麼時候安置好，就什麼時候拆。這樣的重責，都落在陳菊跟她的同仁身上。

拆遷過程

「每天上午七點半，我跟社工員就要開會，先報告訪視進度，住戶應該安置到平價住宅、青年公園的國宅或是自己租房子等等，都有不同的特別安排。在這個過程裡，其實是有些不公平的，因爲台北市排隊等待平價住宅的有幾千人，不少申請者比十四、十五號公園的違建戶更弱勢，但當時不得不優先解決拆遷戶的問題。基於社工專業，有些社工員質疑這樣的作法非常不公平，我一方面要安撫、說服他們，一方面又要面對外頭的壓力。」

情勢持續緊繃，不幸的事情發生了！二月二十六日，上午十點多，市府團隊正在開會討論拆遷事宜，突然接到通知，有位榮民伯伯翟所祥上吊自殺了。陳師孟、羅文嘉、張景森跟陳菊面面相覷，想到這件事的棘手、媒體的嗜血，簡直不知道如何是好。

大家談來談去，決定還是由陳菊站上火線。「我可以想像那樣的場面，但是，心裡縱然千百個不願意，也不可能逃避。此時，施明德剛好打電話來，我告訴他要去現場，他決定陪我這個『老妹』走一遭。」

翟老先生的死，實在是造化弄人。社工員訪視的過程裡，罹患癌症、在榮總就醫的他，希望遷往榮民之家，社會局也替他就近安排看診較為方便的板橋榮家；社工員掌握的資訊是板橋榮家還有空位，翟伯伯也表示可以自己聯繫。不料，翟老先生打電話的時候，板橋榮家卻說沒有位子了，甚至有人勸他到嘉義，他一聽，這麼遠，想想，乾脆早點結束自己算了。

這樣的陰錯陽差，讓社工員相當自責，懊悔當初應該親自帶翟伯伯住進榮家。陳菊跟施明德到了現場，更是群情激憤、場面混亂，有人聲聲喊打、不准他們為往生的翟老先生做必要的殯葬安排，也有人為她緩頰，主動站出來保護她。

感傷的陳菊，不捨翟老先生的遺體被當成抗爭工具，立即聯絡退輔會跟殯葬處，然後到里長家討論，在那裡，有幾位泛藍的市議員，還有反對拆遷的學者。直到現在，陳菊回想起來，都還心痛不已，因為，她清楚地看到，那位後來在馬英九團隊擔任首長的年輕學者臉上，竟然是喜形於色的表情。

「一個孤獨的可憐老人，因為榮家沒安排好就尋短，這是人生很大的淒涼。當時，有幾個人眞正關心翟老先生離鄉背井來到台灣的辛酸？有些人似乎根本沒有想到這個，只是見獵心喜，覺得用這個事件去對付陳水扁將是很好的鬥爭點，只有政治鬥爭，沒有人性的善良。」

在現場看到的這一幕，對陳菊是很大的撞擊，從那個時候開始，她對後來加入馬英九團隊的那位人士就沒有好感。「參政的人如果不善良，是非常可怕的。不論他後來去做什麼工作，我只要看到他，就會想到那一幕、那種找到鬥爭點的表情，我永遠不會諒解那種不善良。」

群眾還在爭執翟老先生的遺體神聖不可侵犯，殯葬處已經聯繫退輔會悄悄安頓遺體，避免更多不必要的衝突與撕裂。後來，有人在林森北路搭建靈堂，老先生之死，終究淪爲政治性的工具。

忍著內心的痛楚，社工員繼續進行安置。剩下最後兩三戶，怎麼說都說不動，還揚言也要死在那裡，社工員好言好語帶他們去青年公園參觀未來的住處，他們發現新住處乾淨明亮，居住環境其實比本來的違建好多了，總算點頭答應搬家。

「最後淨空前，社工員盯緊狀況特別多的幾戶，原本以爲拆遷區應該沒有住戶了，居然又找到一位偷偷跑回去的老人家。這個突發事件，把我給嚇壞了，當時簡直腿都快軟掉了，因爲我們無法再承受任何差池。」

其實，多次發生火災、曾經瓦斯氣爆的十四、十五號公園違建，巷弄狹窄到消防車都開不進去，不但安全堪慮，環境衛生條件也不適合居住，但是，遇到政治，這些似乎都不是問題了。

拆遷前夕，隨處可見沾了汽油的舊布、危險的瓦斯桶，安置妥當的老弱婦孺卻被找回去舉辦「團圓之夜」，讓陳菊更加提心吊膽。那個夜晚，真的很不平靜，疑似縱火的大小火警不斷，每場火，都燒在她緊繃的心絃上，生怕再有人發生任何意外。

三月四日凌晨，在中山分局，副市長陳師孟正要下令開拆，陳菊忍不住拜託他再給一點時間，讓大家再做一次確認。一遍，又一遍，消防局也回報都沒有人了，她的心裡還是怕怕的。

就這樣，下令拆了。歷經數十年、歷經多任市長都無法解決的超級違建區，在阿扁任內，還原爲綠地的本來面目。

當天，只有一間屋子沒拆。因爲，在安置過程裡，有一戶人家說，他們已經爲遷移爸爸的靈位看好日子了，拆遷那天如果挪動「對他們家不好」。爲了這個住戶，陳菊事先特別跟工務局拆遷大隊協調，畫了地圖，交代那一戶絕對不能動；第二天，整個區域都夷爲平地了，只有那間房子，還站在那裡。

「拆遷戶之中，有些眞的是非常弱勢，他們極力想要改變自己的命運，有許多期待與寄望，如果靈位搬遷的愼重，讓他們覺得有改變命運的可能性，我覺得應該要非常尊重。這個要求，讓工務局拆遷的過程增加許多困難與麻煩，但我一直拜託陳師孟，陳師孟與工務局也都可以理解、願意配合，讓我相當感動。」

回首往事，陳菊說，有些痛苦的過程，現在已不復記憶了。但她永遠不會忘記，同仁們每天晚上忙到十一點多，還要繼續開會討論訪視的狀況、每個住戶安置的需求；在這個過程，社工員內心有些不平，有些境遇分明不是最弱勢的，卻因爲外界的壓力、媒體大幅報導，因爲是十四、十五號公園住戶而優先獲得安置。事後的報告書顯示，整個補償措施花費十一億多，拆遷過後，媒體才開始反省整個社會竟然付出這麼大的代價。

過了一年多，市政滿意度高達七成的陳水扁未能連任，馬英九當選台北市長。然而，當年跟學者站在一起批評拆遷計畫的馬英九，面對扁市府排除萬難的這兩個公園，卻是「陳規馬隨」，並沒有實現所謂就地重建的訴求，以台大城鄉所爲首的學者也沒有苛求馬英九。

「那些社會改造的學者，後來突然聽不到聲音。彷彿，同一件事，特定學者用不同的標準在要求，這是我無法理解的事情。」

在執政的過程裡，這只是困難的一部分而已。然而，向來堅持政治人物應該重然諾的陳菊，面對這樣的政治，依然感觸良多。

公娼議題

同樣的雙重標準，也出現在公娼事件。

那是一九九七年一月，台北市議員秦慧珠、李慶安、陳學聖聯合質詢陳水扁，問他知不知道台北市有公娼？知不知道台北市有女性用自己身體從事性工作維生？阿扁當場宣示，台北市即日起停止核發妓女許可證，並且準備在兩週內提請議會廢止「台北市管理娼妓辦法」，質詢的市議員紛紛誇讚陳水扁「從善如流」。不料，廢娼政策後來變成社會運動的抗爭議題，而抗爭的對象，就是陳水扁。

專業社運人士領導公娼抗爭，讓當初力主廢娼的市議員沉默起來，市議會後來甚至給了兩年緩衝期。「娼妓政策，原本是值得討論的社會議題，女性的身體究竟可不可以作為商品？或者女性從娼也是工作權的範疇？但我當時感受到，真正理性的探討其實是欠缺的，到了最後，彷彿變成只是鬥爭陳水扁的另一個方法而已。」

負責管理公娼的是台北市警察局，但社會局視她們為弱勢女性，也思考如何輔導她們轉業。外界看到的，是公娼自救會如影隨形追著陳水扁抗爭的場面，不為人知的是，有些不想再從娼的人，接受社會局協助轉換工作，甚至私下與阿扁見面。願意接受輔導的這些特殊境遇婦女，後來轉介到不同單位，也有人寫信給陳菊，訴說她們的心聲與近況。

台北市的公娼制度，直到二〇〇一年三月二十七日正式走入歷史；那一刻，馬英九說，市政府依法行政。沒有人像當年追趕阿扁那樣衝著馬英九進行抗爭，似乎，這個議題的對抗也是因人而異的。

多年以後，陳菊在勞委會遇到當年轉介就業的特殊境遇婦女，雖然薪水不多，至少她不必再擔心子女知道自己的職業。不幸的往事如煙而去，陳菊保守祕密，默默關照著她。

後來，陳菊離開勞委會那天，看到那位媽媽佇立在送行的隊伍裡。

第七章 搶灘戰役，工時案

二〇〇〇年，代表民進黨的陳水扁當選總統，終結國民黨獨大的政治生態，寫下台灣政黨輪替及政權和平轉移的新頁。

陳菊被延攬入閣，擔任勞委會主委，她的執政歷練由地方邁向中央。

陳菊在勞委會五年多，歷任唐飛、張俊雄、游錫堃、謝長廷等四位行政院長，以勤奮執著的態度推動許多重要的勞工政策。然而，鮮少人知道，她至少四度與內政部長職務擦身而過的祕辛。

民進黨首度取得中央執政權，阿扁總統選擇國民黨的唐飛組閣，誰適合擔任被視為第一大部的內政部長，民間與媒體有不同的討論及猜測。事實上，阿扁曾經親口向周遭友人說，陳菊是最合適的內政部長人選，不過，最後這個位子卻給了張博雅；朋友探問原因，阿扁說，陳菊是自己人，什麼都可以做啦。

「阿扁總統用了張博雅，她的人生跟我有很大的不同。那時候，有人傳說我可能當不管部的政務委員，也有人認爲以我的資歷適合內政部，我不清楚阿扁總統如何思考，因爲我從來不會爲了位子去跟他談什麼。」

「後來，我接到小馬（馬永成）的電話，他說總統希望我接勞委會。我的第一個反應是，雖然參與許多勞工運動，但是我對勞動法令及勞工事務並不熟悉，可能要再了解，結果小馬說，菊姊，妳每次都這樣，當初要妳去社會局也這麼說，反正妳一定可以做得很好啦。沒多久，很快就接到唐飛院長的通知，請我到勞委會去。」

政壇傳聞，因爲陳菊是新潮流的成員，基於派系平衡、考量到內政部可能掌控的資源，所以沒有讓她接下內政部。陳菊說，「很多政治人物對我說過，菊姊，可惜妳是新潮流，不然妳早就如何、如何，其中確實有人說過如果我不是新潮流就已經是內政部長等等，但是對我而言，這都是世俗的說法。內政部的工作，包括外籍配偶、老人、兒童、身心障礙、弱勢、宗教、國土規劃的整體改造，這都是我願意奉獻心力的領域，我固然想過，若是由我來負責，我可以做些什麼？可是，我從來不可能爲了利益而脫離自己所屬的團體，也不會刻意討人家喜歡，否則，這就不是我了。」

張俊雄、游錫堃擔任閣揆時期，陳菊的職務都沒有更動。二〇〇四年五月，高雄市長謝長廷北上組閣，私下曾經親口表示希望由陳菊接任內政部長，這個訊息一度在媒體曝光；不過，四月才接替余政憲掌理內政部長的蘇嘉全沒有意願轉任政院祕書長，最後謝長廷還是要陳菊「等一等」。

二〇〇五年底，民進黨在三合一選舉嚴重挫敗。蘇貞昌受命接替謝長廷組閣，也曾詢問陳菊對內政部長的意願。全心爭取民進黨高雄市長選舉提名的陳菊，沒有絲毫猶豫，依循著原有節奏，與內政部職務漸行漸遠了。

執政的心理準備

「勞委會是一個苦差事。我從抗爭中長大，愛護勞工、愛護弱勢的立場是無可質疑的，我個人的執政方向及想法很清楚，阿扁或許也是基於這一點，因而認爲我適合主管勞工事務。但是，勞委會必須同時面對勞資雙方，幾乎天天都在滅火，如果要接這個工作，必須有很成熟的心理準備。當天晚上，差不多九點多，我約了劉進興、蘇正平等幾個好朋友在復興南路的清粥小店裡長談，他們鼓勵我，未來在勞委會可以好好做出一些成果。」

「由在野到執政的台北經驗，給了我很大的啓示。當年遇到快樂頌KTV事件的重大意外，還有看到羅文嘉的拔河事件，我認爲，執政除了要有所作爲，更要負責；如果我們不是需要負責的官員，可以不必面對眞正受苦的人，可以批評得很痛快，但是今天這是我們身爲官員的責任，就要接受它、面對它、解決它。」

「過去，當我是在野的時候，可以提出很多批判，因爲我不必作爲，可以用百分之一百、百分之一千，甚至是我想像中或期待中的想法去描繪美麗的世界、我所追求的價值，但是在施政的時候，卻必須依法行政，有既定的行政規範，改革是很緩慢的，一定要經過修改法規等等過程。我原本是個急性子的人，經歷這些，慢慢領悟到，原來改革未必能夠讓理想達到百分之百，我可能今天從零分進步到七十分，或是從五十分進步到八十分；我越來越理解到，八十分距離一百分至少比較近，不像零分那麼遙遠。」

「從黨外到組黨，過去從事許多街頭運動、抗爭，目的是爲了什麼？在那一刻，我認爲，如果做一個永遠雙手在空中揮舞、充滿理念的運動者，對於我要關懷的對象其實助益不大。那樣的我，只能在道德上跟弱勢者站在一起，卻不能改變什麼。但是，今天我有機會在中央政府部門，運用公權力、行政力量去推動改變，即使不是改變到一百分，我仍然可以讓心目中的公平正義漸進實踐，這將是很大的不同。」

陳菊在勞委會推動的各項政策改革，以民進黨在二〇〇〇年總統大選的「勞動政策白皮書」爲主要藍圖，這本白皮書的基礎，來自於勞陣的「台灣勞工之主張」，經過小組成員討論，由劉進興執筆完成草稿。由於扁陣營先前公布財政白皮書的稅制主張引發風波，勞動白皮書沒有正式公布，後來整理出十大政見，阿扁在選舉過程多次提及，包括縮短工時、兩性工作平等法、失業保險、退休改制，後來大部分都由陳菊落實。

國民黨長期執政，各中央部會的文官對民進黨理解有限，勞委會也不例外。陳菊與她的團隊花了許多時間與文官磨合、改變公務員的文化，「剛開始，幾乎是我們打個噴涕，他們就感冒了。同仁眞正了解我們的理想、做出相應程度的配合，幾乎是一年以後了。後來想想，我很高興自己始終沒有更換職務，才能夠做出一些成績。」

他們第一個遇到的，就是黨政不分的政治文化落差，這可以從一件小事看出來。五二〇就職典禮結束之後，陳菊在總統府宣誓，幕僚中午先到民生東路的勞委會辦公室，勞委會竟然有官員對陳菊的祕書說，請她繳交婦聯會的會費，讓大家啼笑皆非，忍不住想，有沒有搞錯啊，換黨執政了，居然還搞這種東西，頭腦還沒轉過來咧。

縮短法定工時

很多改變，其實是點點滴滴，在陳菊帶領勞委會文官作戰的情況下，自然而然發生的。第一仗，就是縮短工時案。

台灣在一九八四年制定的《勞基法》原本規定，每週法定工時爲四十八小時，「勞動白皮書」主張漸進式的縮短工時，先從每週四十八小時縮短爲四十四小時，再由四十四小時縮短爲四十小時。在總統大選期間，三位總統候選人都公開簽字承諾支持減少勞工的工時，陳菊與她的夥伴以爲這應該是最容易推動的，想不到第一件差事就碰壁，「這是阿扁的政見，各黨的共識性又這麼高，我認爲很容易完成，沒想到卻踢到鐵板。我這才發現，這雖然也是其他政黨的政見、對勞工的具體承諾，但眞正要縮短工時的時候，他們卻沒有眞心支持。」

事後檢討起來，陳菊團隊實在有點初生之犢不畏虎的味道。那時，台灣的失業率已經在上升了，如果換成現在，民進黨政府可能不見得敢放手推動，當年卻在執政的第二個月就開始設定目標要縮短工時。因爲，陳菊總覺得，民進黨既然執政，就要趕快做出成績，讓人民知道綠色新政府是不一樣的。

勞委會主張將法定工時縮短爲四十四小時，得到高層支持，但是經濟部、經建會對於實施日期各有不同看法，資方也希望有兩年緩衝期。另一方面，國民黨立法院黨團突然政策轉彎，由黃昭順、李正宗聯合提出加碼版本，直接跳躍到兩週八十四小時，也就是平均每週四十二小時的新方案。

勞資協商

六月十三日，行政院副院長游錫堃破天荒邀集工總理事長林坤鐘、全國產業總工會理事長黃清賢、全國總工會理事長林惠官、經濟部長林信義、經建會主委陳博志與陳菊連夜協商降低工時案，勞資雙方達成重要協議，簽名同意從二〇〇一年元旦開始將每週法定工時降爲四十四小時，並給予勞工彈性休假的空間，讓勞工可以每個月兩次週休二日，勞資代表也共同在新聞局召開記者會說明。

那一天，勞委會原本找了電信等工會代表到勞委會協商，說明爲什麼要採取漸進的方式縮短工時，希望說服大家慢慢來，因爲將法定工時調降到每週四十四小時，已經是五十年來第一次。後來，陳菊接到一通電話，到行政院去，勞資雙方與各相關部會首長就在副院長辦公室談，獲得共識簽署共同意見書的時候，陳菊當然很開心，一方面是因為這個案子被接受了，另一方面則是建立一個勞資協商的新模式。

「這是台灣的勞資雙方第一次坐下來比較和諧對話、簽訂協定的開端，想不到，在野黨立委卻跳起來，有人認為功勞怎麼可以讓行政院拿走？這也是我們經驗比較不足，技術處理還不夠圓熟，沒有讓立法院共享成就，程序還不夠周延，所以造成不必要的反彈。」

然而，國民黨團堅持推動加碼版本，勞工團體也見獵心喜，對民進黨及其他政黨形成莫大壓力，各方都在計算表決票數夠不夠。六月十六日，立法院院會決戰當天，朝野黨團先進行協商，民進黨、親民黨及新黨一度聯合提出新方案，主張分成三階段在二〇〇一、二〇〇二、二〇〇三年元月開始縮減工時為每週四十四、四十二、四十小時，因為國民黨團不同意而協商破裂。

最後，為了避免被勞工團體視為改革阻力，包括民進黨團都轉而支持國民黨版本，當天中午表決，以出席立委一一五人、一一三人贊成的壓倒性票數三讀通過修正《勞基法》第三十條，並且在半年後的二〇〇一年元旦開始實施新制，「勞工每日正常工作不得超過八小時，每兩週工作總時數不得超過八十四小時。」「前項正常工作時間，雇主經工會或勞工半數以上同意，得將其兩週內一日之正常工作時數，分配於其他工作日。其分配於其他工作日之時數，每日不得超過二小時。每兩週工作總時數仍以八十四小時為度。但每週工作總時數不得超過四十四小時。」

衝擊效應

工時案「競標」式的修法方式，讓台灣社會付出許多代價。經建會隨後統計指出，受衝擊最大的是非農業部門，預估全體雇主每年將增加一千七百七十六億元的加班費支出，中小企業的平均薪資成本將增加十八・七五％，許多中小企業禁不起如此大的衝擊，攀升的失業率雪上加霜。

陳菊說，任何有利於勞工的措施，她都樂觀其成，但是有些事情不能只看表象，「日本用了十年的時間讓法定工時由每週四十八小時縮短到四十四小時，台灣不到三個禮拜，就從四十八小時變成兩週八十四、一週四十二小時，這樣快速的縮短方式，幾乎是不曉得怎麼去運作。表面上看起來似乎對勞工很好，實質上，在沒有充分準備之下，卻對台灣競爭力造成重大打擊。」

「企業界當時強烈反彈，好像全台灣景氣發展受到阻礙的責任都在勞委會身上，讓我們壓力眞的很沉重。民進黨在野時期，雖然與國民黨各有政黨立場，然而，即使意識型態不同，只要法案內容有利於社會民生，人民利益絕對優先於每個人的政治立場與意識型態。政治人物從政的目的是什麼？反對、杯葛或許很痛快啊，但是，對人民有利的事，民進黨不敢反對，也不敢亂來。」

「在全球化的過程裡，企業的競爭不是只有在本國之內，必須跟其他國家競爭。以各國的穩健經驗，必須透過一定的討論程序、勞資比較和諧和緩的方式來進行，讓企業有時間做準備，不能這麼跳躍，一下子讓雇主付出一千七百七十六億的代價。修法的過程，在立法院完全沒有充分討論，只是因爲政黨惡性競爭、不按牌理出牌，甚至讓首度達成勞資和平協商的機制因而破局，是非常不好的作法。」

「眞正對勞工好，應該是在有準備的情況下，循序漸進地縮短工時，企業準備好了，才不會無法調適。我站在維護勞工的立場，工作權是一定要優先考量的，不能爲了推動週休二日，反而害許多勞工失業、變成週休七日。爲了減緩衝擊，我們後來不得不修改《勞基法》採取彈性工時，結果又引發勞工團體的抗議。台灣粗糙的立法品質、立法委員及政黨不負責任的政治操作，在這個案例之中，眞的是顯現無遺。」

記取教訓

國民黨主政數十年期間，勞工要求縮短工時的主張一直無法獲得正視，如果不是民進黨執政，這樣的理想不曉得還要蹉跎多少年。有些民進黨人士認爲，雖然修法過程跳躍、調適代價慘烈，未嘗不能視爲民進黨的主張提早實現，這是民進黨政權的成就，而不是失敗。而陳菊得到的寶貴經驗，就是學習未來如何與國會折衝。

「從這個法案開始，我們受了很大的教訓。各政黨領導人參加什麼活動、簽署同意什麼，似乎都不是那麼重要，眞正關鍵的是，在立法或修法過程裡，如何爭取有力的人、願意理性對話的人，必須讓他們充分理解這些法案的重要性。勞委會後來推動任何法案、爭取通過任何預算，我都帶領相關同仁，努力向各黨團願意了解這個法案的人清楚說明，power point也好，什麼方式都好，希望提供最完善的資料讓朝野立委能夠充分理解。我不怕他們了解，只怕他們不夠了解，因爲充分理解之後，才能夠支持我們。」

「勞委會後來在立法院得到的支持度其實是蠻高的。這也是因爲我們在工時案摔得很痛，必須付出更多認眞、進行更多溝通，以我們對業務的堅持與了解來說服朝野立委。我很感謝立法院衛環委員會的幾個召集委員、各政黨的總召，也很感謝院長王金平私下的支持，讓我在勞委會的五年可以完成這麼多事情。」

弔詭的是，不知道是人們如此容易遺忘，或者無所不在的政黨鬥爭刻意想要扭曲眞相，居然有人無視於事實，反而高聲指責民進黨背叛理想、主張增加勞工工時。面對這樣的荒謬與錯亂，憤怒之餘，對於政治的無所不用其極，陳菊有著濃濃的感傷。

第八章 血淚交織，經發會

在經濟掛帥的台灣，勞委會總是被視爲弱勢單位。陳菊原本以爲，民進黨既然取得政權，新政府理所當然應該建立全新的執政價值觀，但這般素樸的想法，卻在二〇〇一年的經發會面臨震撼教育。對陳菊而言，這是一場漢光演習，甚至讓她一度產生不如歸去的念頭。

「執政團隊有不同意見，其實並不意外，因爲每個部門代表的基本業務不同，思維及方向就會受到影響。勞委會跟經濟部主管的政策、對象各異，我們的主張當然不會完全相同，不同部會各自代表不同階層的人民、不同的發展思考來發聲。民進黨執政，除了建立良好的溝通平台，在決策過程尋找最有利於多數人民的公約數，更需要建立一些共同的執政理念及價值觀，如果沒有這些，施政方向就會非常混亂。」

然而，有人形容，當時的新政府不能算是完整的團隊，比較像在打世界盃足球賽或者棒球經典賽，只是將原本在不同地方打職業賽的球員集合在一起，以爲這樣就可以有精彩的表現；然而，世足賽或經典賽的各國代表，至少還有集訓時間，新政府的內閣卻根本來不及集訓就直接上陣了，閣員的意識型態及想法都不一樣；只有不同的理想，沒有教練，或是即使有教練，教練自己也常常不知道整體的策略是什麼。

團隊意志尚待建立的扁政府，當時面臨的迫切危機是，景氣低迷不振、失業率迭創新高，召開經發會被視爲拯救台灣經濟的仙丹妙藥，原本就姿態甚高的企業界，在這場會議更是步步進逼。對勞委會而言，經發會有兩大戰場，一個是全力推動勞工退休金改制，另一個則是力抗企業界要求廢除基本工資、將外勞的薪資與本勞脫鉤的聲浪，這兩大政策的攻防過程充滿驚濤駭浪，對陳菊及民進黨執政團隊形成重大考驗。

催生勞退新制

勞退改制的辯論，在於必須協調勞資雙方的不同利益，更要說服勞工團體在理想與現實之間妥協出一個平衡點。「我們提出個人可攜式帳戶，全產總要求年金制，但是台灣還沒有實施基礎年金，這兩派意見爭論了很久；資方就是對退休金的提撥率有意見，原有的勞退提撥率是二%至十五%，但是除了國公營企業之外，台灣幾乎沒有什麼企業主願意提撥超過二%，而且罰則太輕，即使企業不提撥，也拿他們沒什麼辦法，只有營運較具規模或進步的企業才會依法提撥，全台灣提撥的企業只有十二%至十三%左右。台灣的勞工想要得到退休金，根本就像是做白日夢。」

「然而，台灣當時的勞資爭議很嚴重，因為雇主無預警關門或落跑，勞工往往必須用最激烈的方式抗爭，有的臥軌，有的大年初一去抬棺抗爭，這種激烈的方式，代表勞工很大的悲憤，大家都覺得勞工退休制度一定要改，可是一直卡在提撥率之爭。談到最後是六%，勞工代表覺得太少，雇主覺得太多，大家拍桌子，甚至說乾脆要退出經發會，幾乎是僵持在那裡。」

「我們向勞工代表拜託，如果制度不改，只能確保少數國公營事業勞工可以領到退休金。提撥六%，我也不是很滿意，但這是現實，改革要建立在現實的基礎上，才可能成功。他們背負著代表全台灣八、九百萬勞工的責任，不要因為太多個人主觀的看法而讓這個事情破局、讓勞工的期望落空，這樣要承擔很大的責任。」

「折衝的過程裡，李桐豪教授很有貢獻，原本快要破裂了，他站在學者的立場請大家各退一步，勞資政三方重新回到談判桌，終於談出了共識，最後決定採行可攜帶式退休制度，雇主提撥率從二%至六%的漸進式調整，並且提出『個人帳戶制』、『附加年金制』及『其他可攜式的年金制』三制並行的方案。在這些共識的基礎上，經過各方持續的努力，我們在幾年之後終於成功催生勞退新制，二〇〇五年七月一日正式上路，這對我、對台灣所有的勞工，都是最有意義的大事。」

捍衛外勞基本工資

其實，勞退改制的攻防，是外界看得到的戰役。檯面下，差點讓陳菊萌生辭意的，則是企業界強烈要求廢除基本工資的「一國兩制」壓力。

「經發會之前，很多企業主已經在質疑，爲什麼外勞薪資不能跟本勞脫鉤？他們舉新加坡、香港等地區的例子，要求外勞不適用基本工資制度。但是，台灣的《勞基法》明定基本工資是一體適用的，與新加坡、香港並不相同。於是，他們主張修改《勞基法》，我就說，如果你們有辦法修得過《勞基法》，我們就依法行事；在你們沒有修法成功之前，站在國際勞工平等的立場、根據國際勞工組織的精神，勞委會不能這麼做。」

「他們資方都跳起來說，爲什麼要給外勞這麼多錢？這些給外勞的錢省下來，他們寧可交給政府也甘願。當時，勞委會承受很大很大的壓力，游錫堃是總統府祕書長，他甚至對我說，總統不能夠理解，爲什麼勞委會這樣堅持？我那時很痛苦，如果在我手裡讓外勞與本勞薪資脫鉤、外勞得不到平等待遇，我唯一的選擇就是下台一鞠躬，那是我在勞委會第一次想到要下台。」

面對企業界的呼聲，首先拋出這個議題的政府首長是經濟部長林信義，被視爲比較具有綠色經濟思維的經建會主委陳博志後來也表達類似看法。主張廢除基本工資、外勞薪資與本勞脫鉤的陣營甚至痛批勞委會說，不要拿國際組織的大帽子作文章，國際勞工組織根本就不甩台灣，如果再不合理調整外勞薪資，再過一陣子，台灣經濟將惡化到沒有力量引進外勞。

在這個過程裡，陳菊的幕僚與智囊做了許多努力，他們找出經濟學人等資料，比較分析各國的工資政策，捍衛最低工資不應該廢除的基本立場，例如香港不需要國防支出、新加坡的就業安定費比較高，與台灣不能放在同一個天平衡量。許多產業希望引進外勞，認爲外勞越便宜就可以越降低勞動成本，這又將牽動外勞數量的管制，勞委會一旦退讓，可能引發更多連鎖效應。事實上，對陳菊而言，執政的價値必須守護，欠缺理想的執政很容易迷失，民進黨多年來堅持人生而平等，每個人都應該適用同樣的勞動標準，不因國籍血統而有所差別，不然跟十九世紀又有什麼差別？

由於景氣不佳的衝擊，陳水扁總統、游錫堃、行政院祕書長邱義仁等政府高層，當時幾乎都認爲勞委會的立場是不合理的、是昧於現實的，甚至是在扯台灣經濟發展的後腿。有一天，陳菊帶著劉進興與幕僚到總統府開會，會議主席是游錫堃，主要幕僚是國安會諮詢委員林佳龍，因爲勞委會立場鮮明，游錫堃當場冒火，林佳龍在現場打圓場，建議再詳細討論、再做一些研究。

回到勞委會，陳菊眞的是生氣了。她對幕僚說，如果外勞薪資與本勞脫鉤的案子通過，這個勞委會主委的工作，她沒有辦法繼續做下去。

後來邱義仁跟陳菊通電話，對勞委會堅持己見表示無法諒解，在新潮流的內部會議裡面，邱義仁也沒有挺她。八月七日，陳水扁總統在總統府召開府院黨九人小組會議，在沒有通知陳菊到場說明的情況下，裁定朝外勞薪資與本勞脫鉤的方向規劃。邱義仁會後對外轉述，陳總統非常重視外勞政策問題，一連三週檢討外勞工資與本國勞工資脫鉤問題，希望在經發會形成共識。

經濟部門提供給陳水扁總統的資料指出，台灣的基本工資水準在亞洲僅次於日本，是韓國的一・八九五倍，如果加計國民所得因素，外勞薪資負擔僅次於韓國，等於是新加坡的

二．七九倍、香港的一．四二六倍，這樣的負擔影響我國的國際競爭力。行政院提供的資料則顯示，我國分別在一九三〇年以及一九六一年正式批准國際勞工組織「最低工資公約」以及「歧視（就業與職業）公約」，東亞主要國家批准「最低工資公約」的包括我國、日本及中國大陸，批准「歧視（就業與職業）公約」的僅有我國與韓國，我國成為東亞各國中唯一同時批准這兩個公約的國家。

陳菊對這項宣布感到震驚，「爲什麼討論勞委會的事卻沒有找我去？我向邱義仁抗議說，府院黨九人小組討論勞委會專業領域、牽涉我職責的事情，居然沒有找我、不讓我知道！爲了讓總統了解，爲了阻止這項政策就此拍板定案，我們做了更多的努力。」

「我們透過外交部及網站找資料，擬好備忘錄上呈總統，又做了一份摘要，將新加坡及香港等國的眞實狀況列表，希望阿扁總統能夠了解。台灣的外勞引進，中間有太多看不見的仲介黑手在壓榨，分這杯羹的包括輸出國的高層；同時，壓低外勞薪資，讓企業覺得便宜的外勞比較好用，反而不利於台灣的勞工。對於勞委會的堅持，經濟部、經建會都認爲我們太過度了，但我認爲這些價值代表民進黨執政的意義，企業運用外勞來降低成本、鼓勵更多企業僱用更多外勞，本國勞工的就業機會相對減少，這跟政府爲促進本勞就業所做的許多努力都是相矛盾的。然而，企業家的力量，無遠弗屆，那種無形的力量，是我第一次感受到。」

「我的生活，向來跟大企業沒有什麼關係，沒有什麼必要往來。每次跟行政院長參加企業家的早餐會報，都要站起來爲勞委會的政策辯護，或許他們覺得我實在『歹剃頭』，但我必須很客氣地說明，至少要將勞委會的理由講清楚。我常常想，如果沒有這些堅持，民進黨執政究竟爲了什麼？那時候，內心眞的好辛苦。」

爲了說服府院黨高層及企業界，勞委會同意將食宿成本列爲外勞薪資，「挽救台灣的經濟景氣是政府的責任，新政府當時一心一意想幫助企業減少成本。我們研究之後的結果是，將食宿支出列爲外勞工資是合法的，但是，爲了怕資本家變相剝削，所以將食宿明定爲兩千到四千元，這是後來的轉折。」

在經發會，就業組與投資組隔空交火，勞委會有點孤軍奮鬥的味道。歷經折衝協調，陳菊主場的經發會就業組決議不廢除基本工資、外勞薪資也不與本勞脫鉤，經建部門及企業界卻在投資組另闢戰場。陳菊與林信義激烈交鋒，當場差點氣得拍桌子，在火爆的氣氛下，投資組無視於就業組達成的共識，仍然以多數意見通過外勞薪資與基本工資脫鉤，引爆勞工代表強烈不滿，一度揚言退出經發會。

「我一個人力抗經建部門及企業界，他們生氣，我反而不能生氣，一生氣就可能中計。我一再向企業界說明，他們則宣稱要去修改《勞基法》，我只能強調，如果他們有辦法修得過，勞委會就依法行事。當時，我們確實感受到資本家的壓力。」

「我跟阿扁總統報告說，一個政權如果做到勞工出來反對，這個政權是搖搖欲墜，你將會喪失最堅定的基礎。勞委會堅持把關外勞政策，受了許多責怪，我都會盡我的努力向總統及院長報告，讓他們知道爲什麼我們要如此主張。或許我也可以當好人，但是，爲了本國勞工，我們不能一味討好企業主，一定要做若干限制。」

「台灣過度依賴外勞是不行的，因爲外勞是補充人力不足，不能完全替代，否則本國的勞工怎麼辦？引進外勞之後，台灣漸漸養成工作區分貴賤的現象，越來越多本國勞工不願意做辛苦的工作，彷彿服務業比較高尚，辛苦骯髒的工作就一定要由外勞來做。然而，一個國家建設的完成需要不同的人，每顆螺絲釘都很重要，但如果是這樣的發展，螺絲釘還要區分重要、不重要，大機器的運轉就會發生問題。」

守護執政價值

對陳菊與她的團隊而言，基本工資要不要廢、外勞薪資要不要脫鉤，眞正的關鍵，不止是幾千塊的問題而已，而是民進黨政府究竟要向人民展現什麼樣的執政哲學？民進黨主政的台灣，究竟要採取什麼樣的勞工政策思維？走向什麼樣的經濟型態？他們反對的是，民進黨不能輕易棄守長期的勞動價值論述，以廉價的優惠幫助企業卻無法達到產業升級、發展經濟的長遠目標。在這場攻防裡，如果不是陳菊及幕僚們的「固執」，如果不是扁政府難以忽視她在民主運動及民進黨的輩分，經發會戰役的結局，很有可能完全改寫吧。

有人以螞蟻的生態來比喻政治，高高在上的蟻后掌控城邦，螞蟻雄兵靠著通稱爲費洛蒙的各種氣味彼此溝通。然而，溝通民進黨新政府的費洛蒙是什麼呢？民進黨與非民進黨的扁政府官員之間的共同理想、理念又是什麼呢？新手上路的扁政府必須透過一次又一次的決策來凝聚，陳菊與經建部門首長的辯論，正面的意義也在於此。

血淚交織的攻防之後，勞委會終於擋下企業界試圖顚覆基本工資制度的強大力量，陳菊很欣慰，她捍衛民進黨執政價值的努力終究沒有白費，也體認到行政部門的各部會之間需要更多對話。「在論述說明或決策的周延性，民進黨還有努力空間。相較於國民黨時期，民進黨的決策當然是比較透明化、民主化，但也正因爲允許各種多元意見的表達，所以別人好像覺得民進黨執政之後還是大鳴大放，內部一天到晚有歧異。」

「我們無須畏懼開放，身爲執政者，決策過程應該更接近人民的需求。以前國民黨怎麼決定，往往沒有人知道，苦果卻要由人民承受，民進黨的傳統是傾聽人民聲音的，我們應該將不同視爲當然、視爲正常，然後在尋求不同之中的最大公約數，不能夠由少數人關起門來做決定，也不能夠用任何人的意志去壓制。」

從那個時候開始，財經部門的會議若是討論到勞工、就業或經濟成長問題，都會邀請陳菊或勞委會副主委參加；政院每週一晚上由副院長召集的財經首長會議，陳菊也一定出席。她認爲，經濟要眞正成長，必須讓本國的勞工充分就業，勞動與財經部門應該彼此更加相互了解，經發會事件最後促進了良性的發展。

「歷經過曲折艱辛的過程，民進黨才得到人民的支持，我們的領導人也好，代表民進黨執政的行政院長、部會首長也好，都很了解民進黨執政是爲了什麼。我們不是爲了執政而執政，而是爲了多數人民的幸福而執政，如果輕忽這一點，民進黨的支持者必然失望，我們也將漸漸失去改革的圖像。」

在經發會、在後來的許許多多決策辯論過程，陳菊所守護的，就是民進黨的傳統理想與價值，那正是，人民將國家交給民進黨執政的理由與盼望。

第九章 搶救失業，大作戰

能夠讓多數人民幸福，執政才有價值，這是陳菊的信念。

然而，肩負著政治改革、經濟發展、生活改善等諸多期許的民進黨政府，迎面而來的卻是景氣的寒冬，產業轉型的陣痛、九二一地震的驚駭、結構性失業人口的增加，點點滴滴消蝕著台灣人民的幸福感。

振興經濟原本不是勞工部門的業務，但是，每個失業的勞工、每個嗷嗷待哺家庭的困境，深深震動陳菊的心靈。於是，爲了對抗失業的巨獸，她所帶領的勞委會官員即使週末假期也無法眞正休息，有時候，約在新生南路的紫藤廬，或者自己住家附近的咖啡廳，就這麼開起會議來，討論如何讓台灣社會度過危機，有人形容，那時的心境「就像是摩西要帶領人民出紅海一樣」，覺得肩頭的執政壓力是那麼沉重。

陳菊團隊評估發現，當時的失業勞工分爲兩種，一種是年輕的、教育程度高的，這些人眞正的問題不是失業，而是在學校沒有培養足夠的就業能力、也不了解職場，所以找不到合適的工作，未來比較有機會調適或轉業。第二種是因爲傳統產業出走，這些中高齡失業勞工教育程度較低、轉業困難、因爲負擔家計而迫切需要協助，但他們很難進入缺工產業，所以必須擴大新的就業部門來容納這些傳統產業勞工。

爲了創造中高齡就業機會，勞委會推出兩大作戰計畫，一個是規模二百億元的公共服務擴大就業，另一個則是永續工程、多元就業方案。

改變觀念——公共服務擴大就業方案

公共服務擴大就業方案的構想，來自於美國總統羅斯福面對經濟大蕭條的經驗。一九三七年，羅斯福在第二次就職演說坦承，他看到三分之一的國民住不好、穿不好、吃不好，但他並不是在悲觀絕望中描繪這個圖景，而是懷抱著希望——因爲整個國家認知到這個圖景所包含的不公正，並且決心消除這些不公正。在美國的危機時刻，羅斯福反而建立了失業保險、退休制度，並且以興建公共工程擴大就業機會，將失業者投入國家建設行列，讓他們對社會做出具體貢獻。

陳菊學習到，在不景氣的年代裡，更應該積極創造有意義的工作機會，推動就業保險及改革退休制度，爲台灣勞工建構完整的社會安全網。

這樣的模式，鄰近國家也有例可循。當時，亞洲四小龍都面臨經濟景氣考驗，韓國針對中高齡失業者提供公部門的工作機會，因而得以將失業率控制在四％以下。「我們發現，韓國的作法是由政府拿出預算，將原本沒有經費做、與公共利益有關的事情，規劃成三至六個月的就業機會。然而，我們剛開始遇到蠻多挫折，因爲台灣以往沒有做過這類計畫，受到不少質疑與批評，也有人抹黑說是圖利政治樁腳；另一方面，失業者往往想要永久的工作，對暫時性的機會比較猶豫，三個月的工作不見得有人要做，也要設法改變這樣的觀念。」

「我只能努力說明，請大家思考，人生什麼是永遠的？人生總是在變動，然而，你每次的工作，都可能累積下次工作的能量，所以只要有工作機會都不應該放棄。暫時與永久之間是有關聯的，在這種關鍵的時刻，政府如果對失業者沒有給予支持，他們可能從此一蹶不振；若是提供實質的鼓勵，對於他未來的人生或工作型態，可以提供很多的機會。」

「相關法案及預算好不容易過關，勞委會在全台就服中心、就服站或每個鄉鎮的就業服務台，積極吸引中高齡失業者能夠來登記，眞的是天涯海角、每個角落都有機會，每個就業者可以在自己的鄉鎭登記，透過積點等計算方式，原住民或單親等弱勢者優先，前前後後提供將近十萬個工作機會，也就是十萬個家庭在那樣的時刻得以擺脫失業的噩運。」

「我們一直想改變國人對就業型態的觀念，並不是朝九晚五、坐辦公桌或者在工廠生產線，才叫做工作，凡是跟生活、環境生態、傳統文化有關的，都是機會，也都可以是工作，只要各部會業務需要做的，都可以提出計畫、運用這筆預算先做。這個新觀念剛開始確實遭遇許多挑戰，例如雲林縣提出墓籍整理，就被媒體痛批說，農曆過年還讓人家整理這個，好像很不吉利喔。然而，就我的專業來看，整理祖先永久居住的地方，檢討發展中的都市土地要不要繼續與墳墓比鄰，對於未來的都市更新、土地規劃都是很重要的工作，我認爲，沒有不吉利的問題。」

「另一個被批的是打蚊子。媒體的報導太簡化，讓大家覺得政府請人打蚊子很可笑。事實上，對於南部縣市，打蚊子眞的很重要，爲了消滅登革熱蚊蟲，高雄市政府從公共服務擴大就業方案申請到一筆經費，有兩千人投入，結果讓高市的登革熱案例，從以往一百多個，減少爲個位數，對於國人的健康、南台灣免於登革熱蚊蟲侵襲具有正面幫助，難道政府不應該做這樣的事嗎？外界可能不知道的是，當時不願意配合的地方政府，後來就變成登革熱比例最高的地區了。」

「政府要解決各地中高齡失業問題，剛開始不但沒有得到熱情回應，反而被批評得體無完膚，有的縣市還說他們根本不缺人。我們沒有氣餒，反而主動請命表示勞委會願意主導，請各縣市提出方案，如果有什麼工作需要人力資源，我們依據方案內容審查決定給多少經費，並不是平均分配，如果縣市政府沒有提出計畫，可能一個缺都沒有，計畫具體的則可能得到兩三千人個名額的補助。後來，各縣市發現這是很重要的就業機會，大家都來搶著要，甚至是縣長、副縣長親自送計畫來，由專業的委員會審核，這個方案實施將近兩年時間，對協助失業家庭發揮一定的效益。」

回頭檢討這些計畫，陳菊團隊成員認爲有些案子其實做得不錯，例如戶政事務所找人將戶籍謄本等資料掃描變成電子檔，有些資料從日據時期堆到現在，如果不是納入公共服務擴大就業方案，依照平常的預算執行，可能要一、二十年，一個不小心，就會像苗栗上次淹水將很多資料淹不見了，後悔都來不及。另一個是空照圖，原本是十年一次，但預算不夠，錢刪掉了，因爲公共服務擴大就業方案才能僱人做這些工作。還有建立即時農情，僱人騎腳踏車調查雞蛋價格等農業訊息，讓產銷資訊更快速、更及時。

結合社區生活——多元就業方案

對陳菊而言，如何解決失業問題，變成一個很重要的理念實踐過程。台灣以往並沒有建立完整的勞工安全制度，這波失業潮又是前所未見的，扁政府必須建構一套對付失業的策略，這樣的重擔，自然而然就落在勞委會肩頭。於是，影響更爲深遠的多元就業方案，在政府與民間攜手的辛勤耕耘裡誕生。

九二一大地震的時候，政府爲了復原災區，曾經提出「以工代賑」方案，但陳菊認爲這樣的思考太過局限了，她希望找到協助災區失業勞工投入家園重建的方式，於是成立由政府支持的「就業重建大軍」，進而發展出「永續就業工程計畫」，讓社區居民的就業與地方發展相結合，最後更擴大成爲圓熟的多元就業方案。在這個過程裡，曾梓峰教授提供許多創新與突破的想法，歐盟結合民間第三部門力量的經驗，透過台灣民間的活力，在各地開創出不同的社區就業形態。

這個方案與高科技產業的思維完全不同。陳菊的團隊發現，高科技的特點是高利潤，僱用人力不多，往往是一個人當十個人用，資源集中、有效管理的結果，往往只對特定的人有幫助，無法解決城鄉差距，台灣社會如果只有高科技，失業將越來越嚴重；因此，他們希望創造另外一種就業機會，另外一種遍布各區域的社會性產業，例如以前是由阿嬤看小孩、掃地，現在可以發展出家事管理員、清潔工等專業化的在地工作機會，讓有能力購買的人得到高品質的服務，或是開發符合在地特色的產業。

「每個在地的就業機會，都有他們感人的故事，對於台灣的社區、文化、在地生態是很大的創新。我們支持民間團體提出各種就業方案，由政府來支持補助，然後協助他們慢慢自力更生，透過這樣的過程，每個人重新審視故鄉與土地之美，傳承文化、維護生態、復原童年時代的美麗家園、照顧鄉里的老弱，都可以發展成產業，都可以創造就業機會。在全球化的浪潮裡，台灣不能像過去那樣靠廉價勞力找到就業機會，我們要重新思考工作的形態、目的是什麼？我的想法，是希望這些新的就業形態跟人民生活有關，每個人生活在不同的社區，這是我們生活的所在，如何讓我們的溪流不受污染，如何提升社區的生活品質，在創造工作機會的同時，也找到我們的新生活。」

民間合作促進地方發展

「我們要創造在地的工作，務必要跟民間合作。政府不是無限的，不是無所不能、無所不在的，必須借重蓬勃的民間力量，才能有更多生活發展的可能，這是最重要的催化力量。透過學者的協助，我們一次又一次修改，實驗出更好的模式。一開始，其實沒有預料到會這麼成功，後來越修越好，最重要的是，他們能夠很有尊嚴地在原鄉工作，重新找到了生命的價值。」

「前前後後，我們總共跟四千六百個民間團體合作。這不是容易的事，因爲民間工作者的理想性很高，相對於政府，他們永遠是在野的力量，經常批評這個不好、那個不滿意，所以政府部門往往不敢跟民間合作，或者即使合作也是短暫的。我跟他們開會，最常說的一句話就是，有信心的政府從來不怕民間發展、也不怕跟民間合作，我就是那個有信心的政府！只要他們提出足以說服專業評估的方案，我們都敢接受，他們也慢慢發現，政府不再是那麼令人討厭、沒有效率的官僚體系，可以很愉快地共事。」

爲了多元就業方案，陳菊上山下海，走過台灣各個角落，看見許許多多令她感動的人，成就了許許多多令她感動的事。「認同自己的社區、珍愛自己的社區，知道自己的特色在哪裡，本身的創意就會出現。科技不斷發展，但是什麼樣的生活才有幸福感呢？在創造在地就業機會的同時，我希望也能夠創造有幸福感的生活。因爲越來越珍惜自己的社區、身邊的土地，農藥要不要用、溪流要用什麼樣的工法，社區的意見就出來了，這種社區意識才是未來台灣改造的基礎，不是讓一群人喊喊口號，而是透過這個過程讓他們對社區發展凝聚意見、選擇他們想要的生活方式。」

「在多元就業方案裡，將近五萬至八萬人在這個工作圈裡，有社會型的（一年工作）、有經濟型的（三年時間），藉由我們的支持發展，有能力自立發展起來，然後在下個階段將資源留給更弱勢的人。」

太多太多的例子，都讓陳菊印象深刻。例如南投和興村的重建，原本種滿檳榔、專門破壞水土的封閉村落，竟然努力轉型成爲有機生態園區，外人感到匪夷所思，對當地的村民也是全新的生命啓示；還有中寮地區，原本在九二一地震後沒有任何工作機會的一群媽媽，在社區工作者的腦力激盪之下，運用在地植物染布的植物染成爲地方特色產品，剛開始的工資由勞委會支付，短短不到一年就接獲許多訂單。後來，陳菊到墨西哥參加APEC婦女會議，也帶著中寮的植物染與各國勞工領袖分享。

「台中縣的石岡媽媽，也是很了不起的故事。她們在台中縣災區，與中寮鄉狀況有些相似，如果要輔導她們就業，必須找出她們的專長，才能夠有所突破。石岡，是一個客家鄉親比較多的區域，後來發現她們都有客家傳統婦女生活必備的經驗，客家美食是她們從小的生活技能，我們認爲可以支持這些媽媽，讓客家美食的研發變成一種工作。當時，許傳盛在台中縣擔任社會局長，我們的理念工作可以相契合，這方面的工作也非常成功。」

「我到現在還記得，第一次看到石岡媽媽，她們害羞到講話都不敢正面看對方，非常非常古意；如今，每逢過年過節，她們到政府部門、公司行號推銷產品，信心滿滿的模樣跟以前完全不同了。透過這項計畫，十幾個媽媽互相照顧，除了應有的工資，賺的錢變成公積金，回饋社區更苦的人，在這個過程中，有人學會電腦、有人學會會計、有人研發產品再做不同的嘗試，女性經由經濟獨立而孕育出那種自信的風采，在石岡媽媽臉上表露無遺，每次經過，我總要找機會去看她們。我離開勞委會，她們哭得很傷心，那麼眞誠的情感，讓我心碎，但我也爲她們能夠自立而慶幸。」

原住民就業計畫

多元就業方案所協助的另一個重要群體，就是陳菊向來重視的原住民。「透過這些計畫，他們有機會回到原鄉，將優美的傳統文化，化爲在地的產業，讓外界有機會認識不同的文化之美，不再以爲漢族的文化最好，這種成長非常重要。例如我親自到外界稱爲黑色部落的新竹司馬庫斯住了一個晚上，對於他們共享與分享的精神很感動，在月光下打麻糬的那個夜晚，眞是太美了。」

「在原住民鄉鎭，我們與當地的頭目、社區領袖開會，發現除了民間團體，還必須融入教會。天主教、基督教等各種教派，對原住民的原鄉有很大影響力，除了是他們心靈痛苦的安慰之外，在工作訊息的提供上，各教會也扮演重要角色。於是，勞委會破天荒召開分區及全國性會議與教會工作者對話，讓教會也可以提出方案，然後我們給予支持，因爲我們信賴牧師、神父及宗教工作者，在部落之中，他們知道最痛苦弱勢的人在哪裡，這是政府跟教會很深入的合作。」

「例如彰化地區的陳信良牧師，輔導原住民從事環保清潔等工作很成功，我們非常感動。接下來，當這些原住民就業時，他們的子女由誰來照顧？我們認爲照顧這些就業原住民的子女也是一種工作，剛好教會裡面有空間，於是再跟他們合作，這些合作都非常有成就及挑戰。」

因爲推動多元就業方案，陳菊在原住民部落得到熱烈迴響，沙卡蘭溪的民眾甚至封她爲榮譽住民。「他們認同生態保護的理念，也相對認同我對原住民的認同，雙方建立非常好的互動。在那裡，我沒有被當成外人，甚至覺得，我就是原住民！」

「每到一個地方，原住民地區、非原住民地區，我都有不同的感動。我們去看的時候，一邊聽他們訴說自己努力的歷程，一邊吃他們自己種的有機蔬菜、喝社區媽媽在發展協會親手釀的醋，或者欣賞美麗的原住民雕刻、琉璃珠。有的社區重現許多小時候的經驗，一點一滴將這些記憶開發回來，變成受歡迎的在地產品，例如宜蘭冬山珍珠社區成爲風箏的故鄉，也將稻草變成他們的特色，以前穿的木屐在白米村形成重要產業。即使是小時候吃過的芋粿，究竟要幾分在來米、幾分蓬萊米，才能那麼好吃，這都有經驗及生活智慧，也都處處變成在地的工作機會。」

爲了相互取經，勞委會將參與多元就業方案的團體分爲北中南東各區，讓他們有機會交流，甚至讓績優者到國外觀摩。「南北是有差異的，東部的思考也可能不同，透過參與這些會議，他們可以彼此討論學習，形成更大的力量。我們不怕他們成長、不怕他們監督，而是希望他們能有更多元的發展。」

推動多元就業方案，原本是爲了創造工作機會，結果讓陳菊深刻體會到台灣基層無窮的生命力。「若干硬體的改善固然重要，但是，人的內在有更多不同的東西。我們必須重視人的存在，在地的人民能夠參與、能夠就業、能夠享受到不論是硬體或軟體內涵的深度廣度，這樣的社區營造、這樣的就業工程，才有眞正的生命，才能夠長長久久，綻放亮麗的花朵。」

只要站對了舞台，中高齡失業勞工也可以重新發熱發光。在這場寧靜的革命裡，陳菊很高興，勞委會的支持，伴隨無數個認眞爭取幸福的勞工向前行。

第十章 勞工風雲，改革路

陳菊在勞委會五年多，她經常說，這是吃力不討好的工作，「在這個艱難的時代，我還是希望，站在勞資雙方的平衡點，務實面對問題，這註定是一場艱難的戰役。雖然一定是傷痕累累，但是，我作爲負責任的政務官，願意承擔這個過程裡的所有苦楚，而與所有台灣勞工共享明天喜悅的成果。」

第一次在立法院報告，陳菊就清楚勾勒未來的理想藍圖，她要推動人本主義的新勞動政策，包括「有準備的勞動力」、「安全的工作環境」、「人性化的勞動條件」。檢視勞委會這五年多的成果，她很有自信，「這是台灣勞工權益由落伍走向進步的分水嶺，我們這幾年所做的，比起國民黨過去五十年，不知道要進步多少倍。」

在她任內，共完成六項新立法、四項修法工作，其中包括最艱難的縮短工時案，以及可攜式的退休金新制，每一項變革都需要開創力、魄力與耐力。

「那麼多勞委會的重大法案可以過關，即使我今天回過頭來看，還是非常不簡單，因為幾乎沒有一個部會首長在任內可以修改那麼多法案，還通過勞工退休金改制這麼影響深遠的大法，這是我的幸運。每個人做過的事、走過的路，都是生命歷程的一部分，在每個人的心靈深處，這樣的歷程不能竄改、無法造假，只有一步一腳印所留下的足跡。」

事實上，綠色政權始終無法凝聚國會多數穩定力量的支持，執政之路一直是顛簸崎嶇的，行政院各部會在立法院的法案及預算攻防，每一場都是硬仗。幸而，陳菊在台北市及高雄市社會局歷練多年，工時案的鐵血教訓更讓她快速成長，溝通、溝通、再溝通，成為她推動法案、爭取預算的不二法門。

中山南路的立法院周邊，濟南路、青島東路的三角地帶，就有著陳菊與勞委會同仁的祕密基地，國會攻防法案或預算的重要時刻，她往往一大早就召集幕僚沙盤推演。立院側門濟南路群賢樓對面的台大校友會館一樓、青島會館旁邊的主意咖啡廳，如同「前進指揮所」，他們埋頭規劃，如何讓重要的勞工政策得以向前邁進。

四個進步的法案

第一個令陳菊難忘的，是《兩性工作平等法》終於過關，明文禁止性別歧視、明確規範防治工作職場的性騷擾。「婦女團體奮鬥了十二年，以往都無法成功。我常說，除非在天國的世界裡，才可能有完美的事情，在人的世界裡，總是還有一些缺憾，在立法過程裡，當然盡量要求立法的內容要進步、保障要周延，但是也一定要可行。當時大家有很多不滿意，我們花了很多時間在各個婦女團體之間溝通協調，希望求取一個雖然不滿意但是勉強可以接受的結果，至少讓這個法案先通過，還有哪些缺失、哪些不足，未來再修法也比較容易；若是因爲那些不滿意，硬生生卡住《兩性工作平等法》這樣進步的法案，讓台灣婦女追求的性別正義遙遙無期，並不是大家樂見的。」

「天下哪有女性善盡天職就要剝奪她工作權的道理，哪有這麼野蠻的國家！但是，那些公開禁止女性結婚、懷孕的作法，在銀行、百貨服務業卻行之有年。因爲這個法案的通過，雇主對女性的禁孕條款、單身條款，都成爲法律所不容許的惡行，女性對結婚懷孕終於擁有眞正自由選擇的權利。」

另一個進步的法案，是《職業災害勞工保護法》。「保護勞工免於職業災害，是工委會等許多勞工團體至高的理想，他們長年在街頭傳達對職災勞工的關懷，並且找立委提出版本，種種的努力用心值得肯定；對我而言，政府如果對職災受傷害勞工置之不理，或者沒有任何監督，與我的信仰也是違背的。當時，是民國九十年，民進黨剛執政沒多久，趙永清在立法院用嚴肅的口吻質詢我，問我敢不敢通過增加政府責任的職災保護法？面對民間提出法案，勞委會要如何面對？敢不敢提出相對版本？我回答他，沒有什麼不敢的，有進步的民間，相對也要有願意有所作爲的政府才能相得益彰，政府應該設法對職災勞工善盡公部門的責任，我願意在任內推動立法。」

「這項承諾，很快就做到了。對於在工作職場受傷害的勞工來講，這是非常重要與進步的法案，提供所有職災勞工包括生活津貼、看護補助及家屬補助等完整的職災給付，也明定每年四月二十八日爲工殤紀念日。或許，通過的條文無法百分之百符合勞工團體的期望，例如代位求償部分，政府畢竟是有限的責任，或許沒有辦法做到無所不能，但我們希望對職災勞工善盡公部門的責任。兩性工作平等與職災保護等兩個法案的進步性，讓世界許多進步國家都肯定台灣的努力。」

第三個不可能的任務，是通過《大量解僱勞工保護法》。「勞委會提出來的時候，是九十二年，台灣的失業率蠻高的，有人認爲推動這個法案的時機不是很適當，然而，我認爲不能因爲失業率高就不敢要求雇主，正因爲失業率高，更要預防雇主推卸責任反而讓勞工受害更深。當時，經常發生無預警關廠事件，受害的勞工求救無門、哭訴無門，唯一方法就是到勞委會門口埋鍋造飯、進行抗爭；他們的失業不是勞委會造成的，但勞委會是他們的依靠，坦白說，如果在這裡還不能有任何公道，他們已經沒有任何一個地方可以去了。所以，每次有任何勞工到勞委會來，我們必須將心比心，體會他們的極端困境，絕對不能拖推說爲什麼不去找別人？因爲，只有我們才能爲他們伸張最後正義，我們要盡最大的力量協商溝通，讓勞資雙方取得最後的共識。」

「《大量解僱勞工保護法》的通過，就是讓雇主不能毫無責任、在無預警情況下關廠，然後讓勞工四處流竄抗爭、社會爲不負責任的雇主要付出很大的成本。如果企業非不得已要大量解僱勞工，必須遵守一定的原則及程序，保障這些勞工的權益；非法解僱的雇主，我們可以限制他們出境，不能拍拍屁股、捲了錢就跑掉了。勞工訴訟的時候，除了訴訟補助，也提供必要的生活補助，讓他們不至於束手無策。」

第四個影響重大的法案，是《就業保險法》。「台灣以往只有條件嚴苛、消極性的失業給付，每年給付的額度不多，後來我們放寬給付條件，發現失業給付成長率太高了，從四十

上：與菲律賓簽訂國對國引進條約。

下：率團參與世界工業技能競賽。

上：與捷克前總統哈維爾相見歡。
中：參加亞太經合會化學對話論壇。
下：代表台灣參加APEC婦女部長會議，與墨西哥婦女部長合影。

幾億、七十幾億，一直成長到一百零四億，很多人都先拿六個月的失業給付再說，這不是好方法，更不是好現象。三黨一派對我們推動這個立法的共識很高，將失業給付與提前就業、職業訓練銜接，三合一的配合，才能促進勞工失業重新再起的動力，讓眞正勤奮向上的失業勞工得到協助與鼓勵。」

勞保年資合併計算

修改勞保條例第十二條的影響，也非外界所能想像。「勞保年資不能合併計算，勞工因爲工作中斷而退保，找到工作再加保的時候，必須從零開始，以往的舊工作年資都沒了。在工會座談，大家都提到這件事，基層抱怨連連，卻一直解決不了。我回來問勞保局，年資合併計算要花多少錢？他們說，三百七十五億。」

「三百七十五億？我一聽，聲音都變小了。我的內心很掙扎，究竟是十五萬名勞工的權益重要，還是三百七十五億的龐大金錢重要？民進黨執政的價值裡，公道是不是應該比較重要？要花這麼多錢，以往國民黨政府都做不到，如果我也說做不到，大家只是繼續失望而已。在那麼龐大的數目面前，公道好像顯得微不足道。」

「這讓我很痛苦。我痛苦了一個禮拜，最後還是決定要做。這是原則問題，民進黨執政，即使是兩萬人的公道、一萬人的公道、甚至一個人的公道，我有什麼理由不去堅持？明知道十五萬人受到不公道的待遇，我無法坐視不顧。同仁問我要不要再考慮一下？然而，因爲我的堅持，他們也勇敢起來，他們眞切體會到，在我的價值觀裡，公道是沒有辦法用金錢去衡量的，那一刹那，那種境界，現在回想起來，還覺得很愉悅、很安慰。」

「勞保條例後來順利修正通過了。即使要付出三百七十五億，這是我對公道、公平的堅持，因爲我們願意做這樣的堅持，民進黨的執政才有價值。今天，許多人對民進黨有很多的批評，但是，他們不了解，我們在這個過程裡，做了多少的努力。如果沒有民進黨執政，很多重大的法案，根本是看不到未來的。」

事實上，陳菊堅持展現民進黨執政的不同價値，潛移默化著勞委會的工作文化，這是她交出的另一張成績單。

降低職業災害

他們注意到，英國的職災是全世界最低的，美國是工業國家裡最差的，可是台灣的職災居然是美國的兩倍左右。爲了促進工作環境安全，陳菊要求降低四十%的職業災害，也就是第一年降低十五%、第二年十五%、第三年及第四年則各降低五%。跟這個業務相關的安全衛生處、勞動檢查處、勞動檢查所都哀哀叫，他們認爲很難做到，但是陳菊認爲，越困難，越有成就感。

「當時，勞動檢查所的升遷管道很少，每個所只有一個技正，勞動檢查員無法升遷，一輩子做到退休都是檢查員而已，我經過很多努力，向銓敘部等單位溝通協調，爭取每所從一個增加到十個技正，這對認眞努力專業的人是很大的鼓勵，對公務人員是很重要的；我也支持勞動檢查該有的配備預算，能夠爲他們爭取的、爲他們做的，都盡力做到了，目的就是要降低職災。」

「每次職災，不論任何時間、任何地點，都必須在第一時間告訴我。特別是禮拜六、禮拜天，因爲大家容易疏忽放鬆，經常出現職災事件，別人休假的時候，勞動檢查員反而最辛苦，要隨時高度警戒。每次農曆過年，在過年前的主管會報，我都提到，不准打電話跟我拜年，希望同仁利用這個時間跟家人在一起、生活平安美滿，只有一個人例外，就是勞動檢查處的處長。但是，我每次也拜託他，最好不必打這個電話，因爲接到他的電話，就表示有職災發生了！」

「有一次在新竹發生氣爆，縣長是林光華，我跟他到現場，那種慘不忍睹，實在是難以想像。所以，我們的社會必須建立安全共生、安全聯防的觀念，類似這樣的災害，都影響到左鄰右舍，不能說你的家是安全的，你的鄰居卻可以不安全，都是要一起配合才能夠眞正安全。」

「每次過年前，瓦斯廠、地下爆竹工廠、高危險性的石化業都是我們高度安全勞動檢查的對象，我印象最深的，就是爆竹工廠的爆炸，屍體支離破碎。我一直想，台灣爲什麼一定要有爆竹呢？放鞭炮是什麼意思？這當然是傳統。然而，我們不可能再開放新的執照，只有少數幾家是合法的，必須提供高額獎金檢舉，也要保護檢舉人的安全，每次還是爲了爆竹提心吊膽。」

「還有，建築工人往往不喜歡戴安全帽，特別是炎熱的夏天，爲了工地安全，我們不得不再三檢查，業者覺得好像不勝其擾，但我們的同仁都希望業者了解，萬一如何如何，發生了遺憾，這也不是承包商樂見的。我記得，在苗栗，不久之前，有個高架道路，因爲他們夜間趕工，超量承載而發生職災，死了好幾個勞工，一半是原住民；我趕到現場，看到家屬哀嚎，內心感覺比我自己受傷害還難過，那種痛苦實在難以言喻。」

爲了讓業者體認維護工作安全的重要性，勞委會開出「工安列車」，陳菊親自拜訪企業負責人。「我們希望大中小企業都能普遍認識工作安全的重要性，將安全變成企業的內部文化、變成企業形象的一部分。安全衛生防護不是簡單的流程控管而已，而是一種生命態度及管理哲學，因爲照顧員工生命的完整性也是老闆的責任。例如今天我到台電，就要讓台電董事長、總經理、所有高階主管知道，他們的公司一年有多少人因爲工安死亡？除了照顧自己的員工，下游承包工人的生命安全也是他們的責任，不論台電或中油或其他企業，要不要將工安列爲承包的條件？」

經由這樣的努力，在四年之內，職災降低百分之四十一點多，等於減少五百七十三人的死亡。「五百七十三條人命，每條命都是父母生養的血肉之軀，我覺得，這件事眞的非常重要，也非常不簡單。能夠達到標準，更要非常感謝辛苦的同仁。」

抗SARS工作安全防護

在看似與勞委會無關的SARS風暴裡，陳菊再度顯現她對珍惜人命的堅持。

當時，由安全衛生研究所所長石東生領軍，研發許多產品來維護醫療工作者的安全。第一個是輕便型的透明負壓隔離艙，摺起來只有枕頭大小，方便運送可能感染SARS的病患。

如果設置負壓設備，每台救護車原本要一百多萬，改用輕便型的透明負壓隔離艙只要四千元，大約三公斤重而已，平常放在車上，需要的時候用氧氣鋼瓶充氣，只要三分鐘就充好了，充起來只有半個衣櫥大，病人躺在裡面，運送過程很安全。同時，一邊抽氣、一邊補氣，每次可以使用十小時，除了保障運送人員的安全，也方便醫生護士打針或抽取檢體。

第二個產品是密封式的感染性廢棄物處理袋。醫院的感染性廢棄物，以往都是用塑膠袋綁一綁，有時候會因爲擠壓而流出液體。這個處理袋的封口採用夾鍊式設計將袋子密封起來，加上高效率的過濾材，可以將過濾的空氣擠壓出來，髒東西則留在袋子裡。

第三種，是大體解剖台，特殊的設計在屋頂送風、旁邊抽氣，讓大體解剖的暴露度降了一半。第四種，則是密封式的屍袋，除了SARS，其他的傳染性疾病也可以用。當時SARS的往生者要趕快火化，爲了避免感染，家屬往往無法瞻仰遺容，所以他們做了夾鍊式密封的雙層設計。

「勞委會在醫院進行勞動檢查，看SARS防護配備的準備的時候，發現醫院將醫生護士的防備及配備列爲重點，卻忘了看護工、清潔工也是高危險群。於是，我要求安全衛生人員將全台各大醫院分成幾個區域，透過學界的協助，各醫院的監護工、看護工，都跟護士醫生一樣，要接受安全衛生訓練。SARS病毒可能影響到周遭的醫護工作者，不能因爲是看護工、清潔工，他們的生命就被忽略，這是非常重要的。」

由於陳菊的細心，醫院的監護工、清潔工得以接受六小時以上的安全衛生訓練。她還要求，教材必須特別設計，以淺白的文字讓他們很容易學會如何做好防護。對於外勞的SARS防護，勞委會也付出同樣心力，總共印製五種語言、四十五萬份的教材，發送給仲介公司及僱用外勞的家家戶戶，提醒外籍勞工注意如何保護自己。

就這樣，在兩個月內，他們完成二十二家醫院的SARS安全防護訓練，前後受訓的有一萬人次。第一次在台北市的仁愛醫院舉辦宣導會，受訓的監護工、清潔工，主動站起來爲陳菊鼓掌，發自內心的掌聲，代表弱勢者對她的謝意。

勞工退休金條例

勞委會任內，陳菊最大的一場法案戰役，就是勞工退休新制。勞資雙方在經發會雖然達成共識，修法過程卻困難重重，二〇〇四年六月在國會展開最後的攻防。

「折衝不同版本的過程裡，跟勞工團體溝通的難度很高。他們認爲，原條文的所得替代率是二%至十五%，新制的個人帳戶只有六%，有些勞工或許認爲，退休金看起來好像縮水了，要求提高到十％或十五％。其實，怎麼會縮水呢？原來的退休金制度，根本是看得到、拿不到，只有少數國公營事業勞工，或是少數電腦科技產業，才可能提撥超過最低限度的二％；而且，就算是台電、聯電可以提撥到十五％，又有多少勞工可以在同一個公司連續不間斷的工作滿十五年、年齡五十五歲，然後真正可以拿到退休金呢？根本是少之又少。」

「勞資雙方當年在經發會拍桌子，好不容易決定提撥六％，勞委會就是根據這個共識去推動。其實，有些資方的心態或許覺得，反正在立法院不會通過，就隨便答應你好了，對於提撥六％並不是那麼真心支持。剛開始，除了民進黨黨團，其他黨團並沒有那麼認真在推動，我非常感謝賴清德，基於同志的情誼，還有他出身工人子弟、非常了解勞退改制的重要性，耐心陪著我們向提出相對法案的立委說明，總共大概有十二個版本，終於匯整成一個多數人可以同意的內容。」

「對於協調出來的條文，有些勞工團體罵得要死，但我都是堅忍，不想打口水戰，爭辯那些沒有意義的問題。他們要求提撥十五％，可是大家心知肚明，台灣沒有那樣的條件，那樣的世界、那樣美好的天堂究竟在哪裡？我真的不知道。執政，當家的人必須務實，在可行、可能的範圍內，從零開始，我至少要爭取將制度修改到對勞工有利的方向。」

陳菊很著急，如果在那個會期不通過勞退新制，一切歸零，到了新立委任期又要從頭來過。「我認為，這個法案如果在我任內過不了，在可以預見的未來，不可能再有人像我們這麼賣命。大家都說這個法案重要，但眞正要立法通過，各種利益團體的遊說壓力，哪有那麼簡單可以擺平的。」

「各黨團的三長都要簽字，只要有一個人不簽或者撤簽，這個案子就過不了。那幾天，我們在立法院跑到腿都軟了，我非常心疼我的幾個同仁，每天都在救火，一有人揚言不簽了，又要跑去拜託。有人想換國營事業移轉條例等其他法案，故意拒簽這個案子，還罵我們出賣勞工，如果在乎這些閒言閒語，可能就活活氣死了。可是，我們不能動氣，還要透過種種關係拜託，私人情誼也好，間接又間接的淵源也罷，反正就是用各種方法遊說立委不要反對。」

「個人帳戶制或許不完美，不是我們期盼的最周延制度，但是在所有的方案裡，對勞工是最可行的，不論轉換幾次工作，都可以將退休金帶著走，不會像舊制那樣，多數人辛勤終日，臨老卻一無所有。提撥六%，已經是雇主願意忍受的最高的限度，即使是這樣，都還有那麼多危言聳聽的報導，質疑可能引發退休潮等等。我們一邊澄清那些污名化的傳聞，一方面在立法院作戰，還有立委點名要我下台，我說，只要勞退新制通過，我下台也沒有關係。」

「立法院關鍵的表決時刻，我一直沒有離開，一直在那裡看。當時，國民黨的侯彩鳳、楊麗環，還有徐少萍，她們都有很大的貢獻。民進黨例如趙永清、賴清德、周清玉都很支持。有些人，我們去拜託的時候卻是愛理不理，我這種臉皮薄的人，去跟人家低聲下氣，當場不免覺得，應該立志去當立委，不要當政務官。」

「能拜託的、能動用的各種關係，我們幾乎都用盡了，過程一言難盡，最後能夠通過，眞的是各方的努力。之前受到那麼多強烈的反對與指責，他們反對的理由、提出來某些主張，眞的是上帝才做得到，但是，我只是一個人、一個民進黨的政務官而已，或許無法實現天國般的美夢。我鬆了一口氣，眞的是太高興、太高興了。」

「通過之後，我們回到新聞局召開記者會，葉菊蘭坐在那裡，向我比了一個讚許的手勢，這個畫面隔天成了報紙的頭版照片。通過眞好，眞是不簡單，每個人的一生，想要努力對台灣社會有很大的影響，是可遇不可求的。我很高興，在勞委會任內，我有參與、我有努力，而且我們成功了！」

陳菊說，「每個人，生而不平等，但施政必須促進平等，人生處境艱難的人，政府更應該用執政的力量多照顧他們。然而，執政有時候必須懂得妥協。看似退了兩步，無形之中，其實前進了三步。如果面對問題只知道一味強硬、不肯變通，就是坐在原地發呆，有什麼用！」

「改革的過程，就是要務實。就算有委曲，也必須很堅忍，一步步邁向跟理想比較接近的境界。戰鬥是要講求技巧的，如果這個不行，那個也不要，什麼都沒得商量，結果讓抗拒改革的勢力趁機翻盤，到頭來，勞工反而什麼都沒有爭取到，豈不是更加怨嘆嗎？有些時候，我覺得自己很寂寞，別人不一定了解我的思維、我的原動力在哪裡，看到有些人刻意污蔑、對任何事都以利害利益來衡量，實在是痛心疾首；但是，爲了我的理想，我不能退卻。」

勞退新制通過，陳菊思考，她在勞委會的階段性任務似乎已經完成，或許應該是功成身退的時候了。然而，爲了讓新制順利上路，她繼續留下來，與工作夥伴用了一整年的時間準備，二〇〇五年七月一日，新的勞工退休制度正式上路，這是台灣勞工政策的里程碑，她欣喜著，「不論是藍領或白領階級，新一代受僱者將可以得到更完整的保障，台灣勞工的老年保障、社會的公平正義，邁進了一大步。」

沒有人預料到，暗影躲藏在陽光照不到的另一個角落。幾個月之後，高雄捷運爆發泰勞人權事件，爲了她的信念與信仰，陳菊毅然請辭。

她與民進黨，共同面對一個更艱難的時代。

第十一章　翻天覆地，高捷案「人權篇」

談到高雄捷運泰勞抗爭事件，陳菊必定開宗明義講清楚，「我跟高捷弊案無關。」

高捷泰勞事件背後，糾結著跨國的政商故事。然而，陳菊自始至終都認爲自己坦蕩蕩，「我的外勞決策與政商利益或弊端無關，絕對可以經得起人民的檢驗；主動請辭下台，是因爲高捷泰勞抗爭事件發生後，勞委會調查發現他們受到嚴重的剝削與人權迫害，違背我一貫的理念與立場。」

「這件事衝擊我的人權價值，我不負責，誰負責？第一，這麼大的人權事件，如果沒有人負責，我很難面對自己；第二，國際間有指責時，至少我可以告訴他，向來重視人權的勞委會主委爲此事辭職、承擔政治責任，這對台灣才是正面的。爲了我自己的信念，爲了台灣，我做了我應該做的事情。」

改善外勞人權

台灣開放引進外勞是在一九八九年，爲了十四項建設開放工程得標者專案引進。「當年開放的理由是爲了補充勞動力不足，然而，台灣的外勞引進制度，一開始就是透過仲介，涉及龐大的利益，兩國政商勢力也在檯面下無形結合；外勞來源國將勞動力輸出視爲國家高層的權力，相對也帶來很大的利益，在那些國家從事外勞仲介者，往往與他們國家的高層有關，不是皇親國戚就是金主關係，個個都是有來頭的『有力人士』；而在台灣方面，國民黨執政時期，包括立委在內的某些政治人物，甚至可以透過關係拿到『配額』，例如一個人擁有五百個外勞名額而可以賺多少錢等等，這在政界幾乎是公開的祕密。」

陳菊上任後，慢慢了解這些內情。她首度以勞委會主委身分到立法院針對外勞政策進行專案報告時，民進黨立委簡錫堦等人就質詢指出，傳聞立委介入關說引進外勞，行情飆漲到每名外勞可以抽取一萬元的回扣。陳菊當場回應，人力仲介公司良莠不齊，菲勞或泰勞來台工作，負擔的費用可能高達新台幣六萬至十萬元不等，爲了避免仲介業者將外勞勞力淪爲商品，她承諾進行改革，考慮開放非營利組織引進外勞，也將與外勞輸出國密切聯繫解決剝削問題。

「由於仲介費的問題，當時到台灣來的外勞，第一年工資幾乎都被剝削，每個外勞都血淚斑斑。我相信台灣有很多家庭給予外勞監護工溫暖人情、視同家人的對待，但也確實有許多外勞處於非常壞的狀態，各種苦毒凌虐都有。菲律賓等國家的勞工寫信給ILO（國際勞工組織）、天主教教廷梵蒂岡申訴，勞委會也經常收到相關宗教或勞工團體對台灣的抗議，說外勞受到剝削，對台灣的國際形象有很大的損害。」

「當時，兩國仲介對外勞的剝削根本是吸血蟲，如果我任內沒辦法處理這種不公平的壓榨，以後也沒有人能夠做這樣的改革，這些不合理、不合人道的作爲將會繼續被視爲理所當然。然而，台灣開放引進外勞十幾年，當時登記合法從事仲介業者超過一千家，這牽涉到龐大的利益，我們要對抗這些利益、重新建立一個合理的制度，是需要時間的。」

擔任勞委會顧問的劉進興教授，那年秋天到美國訪問，看到美國國務院內部的「台灣外勞的制度問題與改革建議」，批評的正是台灣外勞仲介費用過高、扣押身分證及強迫驗孕等問題。勞委會光是努力說服其他相關部會，刪除強迫驗孕的體檢項目、實施外勞懷孕不再強制遣返的新政策，就花了一年多的時間。仲介制度的改革，則是更加長遠而艱困的戰爭，二〇〇一年勞委會公布新外勞政策，要求台灣仲介公司不得向外國仲介公司或外勞本人收取「台灣仲介費」，就引發人力仲介業全面強烈反彈與抗爭。

「我們花了幾乎一整年時間，做外勞人權的改善。正因爲要破除龐大的利益及剝削，除了研究透過非營利組織引進外勞，也開始倡導推動國家對國家的引進外勞模式，讓台灣的仲介不可以無法無天。我眞的無法想像，怎麼可能容許賺這種錢，讓別人受苦、剝削別人！」

當時，陳菊與外勞來源國談判，都要求推動國對國的引進制度，在仲介公司招募之外，另闢直接聘僱管道以減少仲介剝削，最早同意的是越南及菲律賓，泰國也在二〇〇二年十二月二日簽署「中泰直接聘僱協定」。然而，她後來發現，這些規範其實只能約束台灣的仲介業，不少外勞來源國雖然簽署接受國對國的引進制度，卻不願意眞正運用這套機制，因爲，有的外勞國家自己在抽取仲介費，甚至是部長級、領導階層的人士在做仲介生意，外勞輸出，根本形同那些國家高官的「私房錢」。

「有一次，我到某國談判外勞問題，國宴之後的傳統歌舞表演時間，部長竟然當場介紹他們的人力仲介業者，那種不合理的官商緊密關係，我看在眼裡眞是感到不可思議。以台灣現在的民主進步、文官的專業清廉，是不可能容忍這種事情的，如果台灣有這種官員，半夜就被踢下台了。」

「民進黨執政以來，不排除可能有人想要從事利益的工作，但是，跟國民黨時期最大的不同是，政商關係在政黨輪替之後的勞委會是使不上力的，因爲我對外勞事務向來只有一句話，就是依法行事。」

面臨抹黑與恐嚇

陳菊將改革外勞仲介列爲重點，希望改變不合理的仲介費剝削，立即面臨的是與人力仲介業爲敵，業者公開發表聲明抗議她「抹殺仲介業在外勞管理及服務的功能與貢獻」，躲在暗處的抹黑、恐嚇也隨之而來。「有些人或許不太了解我的基本思考是什麼，總是認爲政治人物一路走來不是爲了權、就是爲了錢，他們不相信、或者完全無法理解，人道、人權的實踐對我是何等重要。當時出現很多不實傳言，例如有人影射我的弟弟在搞越南仲介、擁有龐大的越勞訓練機構，其實我弟弟根本沒去過越南，流言流語舉不出任何證據，卻講得『嘴角全波』。」

外界也曾傳聞她家僱用非法外勞。「我的媽媽八十幾歲了，即使腰椎開過刀，要拄著拐杖、行動不是很方便，仍然從未請過外勞，因爲老人家認爲請外勞來反而要招呼東、招呼西的，徒然增加困擾。我的弟弟也認為，我身為勞委會主委，如果家裡請外勞，不論有多麼需要，社會都會講話，所以從未請過。」

「在台灣，任何人做任何事都不可能是祕密，如果這些傳聞是事實，在立法院老早就被揭發了。今天我已經離開公職，大家也可以去查。我在勞委會，底下有那麼多文官同仁，你要領導大家，如果跟國民黨一樣，公開一套、私下又是另一套，別人會怎麼看待你？要求給某某某方便的事，我做不出來，那樣的話也講不出口。」

還有人寄恐嚇信，要給陳菊「吃花生米跟釋迦」。她起初看不太懂，後來才知道「花生米」是子彈、「釋迦」是手榴彈，意思是警告她當心隨時可能遭到暴力報復，她因而受到二十四小時的保護，車上還有防彈衣，一出門，隨扈就非常緊張。直到辭職卸任，她在木柵的家仍有一段時間設置警察分局熱線，萬一遭遇任何危險狀況，警方可以盡速抵達救援。

陳菊所領導的勞委會，針對外勞政策做了許多努力，後來也規定只能收取服務費等費用，然而，這並不代表仲介剝削問題已經完全解決，因為隱藏名目很多，外勞來源國也不見得能夠完全配合。不過，她認為，這幾年至少改善過去漫天喊價的狀況，扁政府的外勞政策，當然是朝著進步的方向在前進的。

改革外勞仲介制度而引發的角力，甚至延燒到二〇〇四年大選。陳水扁總統競選連任時，長期不滿勞委會政策的人力仲介業者結盟，透過公會系統發函給全國仲介業同業及僱用外勞的雇主團體，對阿扁發動反輔選。他們宣稱，扁政府長期「汙名化」外勞仲介業，讓他們忍無可忍，才會利用選戰時機表達立場。

「在國親合作、連宋搭檔的壓力下，總統大選選情緊繃，每張票對扁團隊都很重要，那群人力仲介造成的壓力可想而知。我只有更賣力助選，用我的勞工政策、外勞政策爭取整個勞動界對阿扁的支持。整個台灣，我上山下海都跑遍了，就是爲了對抗那些人力仲介業的反輔選。然而，即使是那樣的時刻，阿扁也沒有要我放棄或是放鬆對外勞政策的改革，完全沒有。」

發生抗爭事件

面對壓力、推動改革，在陳菊的人生道路，已經習以爲常了。但是，她作夢也想像不到，就在她念茲在茲、誓言盡心盡力維護外勞人權的情況下，剝削壓迫泰勞的事件，竟然還活生生在高雄上演。

二〇〇五年八月二十一日晚間九點多，高雄捷運公司的泰勞因爲不堪壓迫，在位於高雄縣岡山的捷運公司北機場宿舍，發生集體抗爭事件。

那天，陳菊正在距離高雄不遠的屏東。白天，她訪視因爲先前颱風而受損的三地門沙卡蘭溪，看看重建工作做得如何，爲多元就業方案的原住民打打氣。一天的行程結束，她跟祕書都相當疲累，半夜十二點多，正準備休息的時候，接到來自警政署署長謝銀黨的電話，告訴她，高雄捷運發生泰勞暴動事件了！

陳菊立即進行危機處理。當時已經很晚了，根本找不到什麼人，一時也聯絡不上職訓局局長郭芳煜，剛好職訓局副局長林三貴陪同陳菊出差，就透過他先了解狀況；同時，他們打電話聯絡宿舍所在的高雄縣政府警察局，也找到警察局長。剛開始，還無法了解泰勞抗爭事件的詳情，因爲他們霸占營區，根本進不去，幾項訴求也是後來慢慢提出來的。

在此之前，勞委會從來沒有接到過高捷泰勞的任何申訴，陳菊心裡既納悶，又不安，一直想著爲什麼會發生衝突抗爭？

第二天一大早，大約是七點左右，陳菊就以電話聯繫行政院院長謝長廷、祕書長李應元，說明勞委會已經在處理的狀況。她通知外勞組要有一些準備，例如先查清楚高捷公司申請多少外勞、宿舍有多少人等等，寫了一些備忘錄給院長，勞委會官員也緊急開會因應。

陳菊當天在屏東原本還有活動，因爲覺得事態嚴重，當下判斷應該坐鎭台北處理，中午就取消行程，下午三點多趕回台北。當時，高捷泰勞已經提出十六項訴求，陳菊發現事態不是那麼單純，隔天，也就是八月二十三日，勞委會組成「高雄捷運泰勞人權查察專案小組」，邀請學者及人權團體到現場查明眞相。

調查小組與報告

勞委會的調查小組，由副主委賴勁麟召集，成員包括泰國駐台北辦事處副代表Manopchai Vongphakdi、台灣人權促進會會長吳豪人、台灣科技大學教授劉進興、台灣大學國家發展研究所副教授辛炳隆、中山大學教授鄭英耀、中華佛寺協會祕書長林蓉芝，以及勞委會主管外勞業務的職訓局長郭芳煜。

調查小組的成立相當急促，劉進興說，當時一通電話就請他立刻到火車站會合。到了高雄現場已經晚上了，很多外勞站在那裡，許多燈都被砸壞掉，之前報紙電視將這個事件報導成暴動，小組成員進去調查是不是會有安全顧慮，其實也沒有人知道。

然而，一進到宿舍，劉進興看到泰勞睡的大通鋪、雙層床，擺得密密麻麻的情況，比他們以前當兵的時候糟糕多了，「在裡面好像要窒息的感覺，如果讓我住一天大概就受不了。」

所有調查委員都覺得這些高捷泰勞的生活條件太差了，即使法律上不見得構成剝削，不人道的感覺已經非常濃厚。

調查小組到餐廳與泰勞對話，勞工推派代表，一個個來跟調查委員談、講他們的抱怨不滿，也提供了薪資單等書面資料。調查委員發現，他們的生活環境實在太惡劣，居住空間只有合理面積的一半；因為小便池不夠用，上廁所必須排隊；洗澡的地方，連一扇門或者遮蔽的東西都沒有；菜色既差又少，有人懷疑根本是隔夜的餿飯；也有勞工控訴，晚點回來就被管理人員用棍子、甚至電擊棒毆打，管理問題顯然是這個事件最大的爆發點。

劉進興指出，他最不能接受的，就是宿舍內發行代幣、強迫消費，其次是強迫儲蓄。令他覺得不可思議的是，即使是在宿舍裡也不准打手機，而且禁止泰勞聽收音機，這是企圖斷絕他們跟外面的聯繫，讓他們不能聽外勞節目，也無法向專線電話申訴。

調查小組後來的報告，認定這起事件不是暴動，而是「外勞基本權益受侵害、勞動條件未獲保障、雇主不當管理、衛生環境欠佳」等不人道作法引發的抗爭；雇主高雄捷運公司明顯違反《就業服務法》，負責管理的華磐公司與坊間業者收費行情仍有一段價差，「是否涉及利益輸送影響外勞權益應由檢調單位介入調查，依法查處」。

在政府部門的責任方面，調查小組的報告指出，曾於九十四年二月及九十四年八月間接獲外勞投書並派員了解的高雄縣政府勞工局，「未能即時處理，防範事件於未然，恐有涉嫌怠於職守」；高縣與高雄市政府勞工主管機關，事前或事後均未能積極作爲，衍生外勞管理管轄權責爭議，讓外勞長久以來的不滿未能獲得解決，「發生此一不幸事件，兩縣市政府實難咎其責」；中央主管機關的勞委會，未能明確劃分外勞管理的地方主管機關權責，加上配置人力不足，僅能以抽訪方式辦理查察，未能落實督導地方主管機關管理工作，「應負督導不周之責任」。

換句話說，調查小組認爲，雇主高捷公司、管理的華磐的公司當然要負最大的責任，高雄縣、高雄市政府也「難咎其責」，勞委會則是「督導不周」的疏失。

調查小組發現泰勞遭受種種不人道的待遇，讓陳菊相當震驚，「這樣無法無天的壓迫，嚴重違反我長年的人權理念，居然發生在民進黨所執政的縣市，幾乎是我沒辦法想像、也完全無法忍受的事情。令人如此羞愧的壓迫人權事實，對我的震撼與挫折，只有當年的美麗島大審可以比擬。」

調查小組立即提出一些限期改善的措施，陳菊也指示幕僚打電話拜託高雄縣市，表示不論未來調查結果是誰的責任，環境髒亂等不人道的問題應該優先解決。高雄縣市府都相當配合，基本的環境衛生即刻做了處理，高雄市政府後來也安排泰勞進駐生活條件較好的職訓中心。

陳菊憂心，這個事件損傷台灣的國際形象、可能造成台灣與泰國外交關係的緊張，對台灣將是很大的傷害。在這樣的衝擊之下，她開始思考，爲了國家、爲了她自己的信念，是不是應該爲高捷泰勞人權事件下台負責，「給台灣一個停損點？」

政治糾結令人無奈

事實上，高捷泰勞事件剛爆發時，陳菊的想法很單純，她將泰勞抗爭當成一般的外勞人權案件，不論發生在哪個縣市，所有的處理模式並無二致，最重要的就是優先改善不人道的待遇，讓衝突趕快落幕，不要再拖延或擴大下去，因此，必須優先改善勞工生活待遇、釐清責任。不過，整個泰勞事件的處理，卻糾纏著太多複雜的政治，意外延燒出來的烽火，已是一發不可收拾。

外界的政治權謀與媒體操作，讓向來謹愼的勞委會臨深履薄，處理過程更加步步爲營，生怕被誤會刻意「鬥爭」高雄市政府、衝著市府勞工局開刀。

即使陳菊小心翼翼，還是難以杜絕猜忌與流言。光是勞委會要求高捷公司立即改善泰勞待遇、否則可能被凍結外勞配額，就有人猜測，她是不是爲了市長選舉，故意將外勞擋住、讓高雄捷運工程延宕？其實，只要高捷依法改善，根本沒有凍結外勞的問題。類似的荒謬想像，反映著剪不斷理還亂的政治糾結。

對於泰勞抗爭事件意外衍生政治恩怨情仇，陳菊相當無奈。「當面臨整個泰勞事件的時候，我不可能先想到選舉，只會想到有一千多人在那裡受苦，想到我自己的人權價值，想到我五年來爲維護外勞人權辛苦建立的種種努力，一夕之間似乎都化爲烏有了。當時，泰國的國會也在調查，台灣面臨國際壓力、台泰外交關係生變，這都是很嚴重的事情，必須拿出具體的作爲，讓台灣受到的傷害能夠有個停損。」

「民進黨發展到現在、執政五年多，面對一千多個外國勞工受到那樣的處遇，難道連最基本人道悲憫都沒有、只會想到政治嗎？我不相信。我不相信，民進黨多年來培養的政治工作者，在面對這樣嚴重的人權事件時，只看到選舉、只關心政治利害。在這個過程中，如果還有人、還有媒體將你所有的動作都當成爲了準備選舉、增加個人的政治籌碼，都讓我覺得，彷彿自己一個人孤獨站在荒野之中，似乎是拔劍四顧心茫茫。」

在那樣的時刻，陳菊的想法，並不見得可以被眞正理解。事發第三天，她私下開始跟親近的幕僚、朋友談到自己的心境，透露爲了貫徹人權理念、維護台灣國際形象，不排除請辭下台負起政治責任。當時，陳菊徵詢的反應兩極化，有人贊成她辭職以樹立政務官的政治風範，但也有人認爲，勞委會只是督導疏失、並非政策錯誤，基於執政團隊整體運作的需要，應該預留轉寰的空間。

有力人士之說

八月二十四日，陳菊分別接受民視跟三立電視「大話新聞」的訪問，希望清楚說明勞委會的處理及態度。在鄭弘儀主持的「大話新聞」節目裡，引發所謂「有力人士」的風波。

錄影前，鄭弘儀在化妝室跟陳菊聊天，就關切是不是有什麼「有力人士」介入才讓華磐拿到這筆生意？陳菊還反問他，是不是聽到什麼風聲？等到節目正式開始，鄭弘儀開場白說，高雄捷運泰勞事件餘波盪漾，國際媒體甚至用「美國黑奴制度在台灣重生」這種非常難堪、使台灣形象受損的字眼在形容，如果他是泰國人，對台灣一定有很大的不諒解；接著，他詢問陳菊，這裡面到底有沒有剝削？爲什麼華磐公司能夠不經過招標就能承做？華磐背後究竟有沒有「有力人士」？

陳菊表示，「華磐公司背後是否有『有力人士』，我想應該問捷運公司，我對華磐並不了解，」不過，「過去長久以來的經驗，外勞的確受到很多剝削。所以勞委會建議以『直接聘僱』方式引進。……至於直接聘僱後，如何下包給其他公司，勞委會在這部分，並不了解。」

後來，鄭弘儀質疑，「作爲一個勞委會的主委，主管勞工政策，您眞的不知道華磐背後有什麼人嗎？」

陳菊回答，「華磐背後有什麼人，我想應該這樣說，我不是完全不知道，我不夠清楚的部分，我不能講。」

鄭弘儀追問：「裡面是否有所謂的『有力人士』？」

陳菊說，「應該有。」

鄭弘儀再問，「到底多有『力』?!」

陳菊的答案是，「是否有夠『力』，這是比較的問題，有人會感覺他是很有力的人士。不過，就勞委會的觀點來說，還是要依法行事，不是因爲『很有力』，就可以違法。台灣是追求『法治』的國家，這部分，我想大家都很清楚。」

還原陳菊接受訪問的實錄，她當時對「有力人士」的說法，只是一個推論而已。以她在勞委會對人力仲介業臥虎藏龍的了解，類似高捷外勞這麼大的大餅，大家都在競爭，能夠從高捷公司拿到生意的人，想當然爾，應該很有力；她對背後的細節，實在並不清楚，只是一再強調，不管這個個案背後是不是有「有力人士」，勞委會都是依法行政，不會縱容違法的。然而，隔天媒體及在野黨立委窮追猛打的重點，卻是高捷案確實存在「有力人士」。

其實，在高捷泰勞抗爭事件爆發後，華磐的各種風言風語已經開始在政界流傳，即使陳菊沒有講出「有力人士」的字眼，這把野火總有蔓燒的一天。但是，陳菊事後仍然懊惱自己講話不夠嚴謹，幕僚也內疚，當晚沒有陪在她身邊再作提醒。

請辭擔負責任

因爲泰勞遭受壓迫而內心煎熬的陳菊，八月二十六日面見閣揆謝長廷時，口頭表達辭意。「我向謝院長說，如果到頭來有人需要負責，請院長不必客氣，我願意像羅文嘉當年在台北市政府拔河斷臂事件一樣，辭職承擔下來。院長當時回了一句，三八啦，要我不必再提。」

然而，政壇的權謀猜測越演越烈，媒體也總是以兩位高雄市長可能參選人的競爭來看待，令她既憤怒又無力。

八月二十六日晚上，陳菊接受年代電視「台灣心聲」的訪問，直指高捷公司應該爲泰勞抗爭負最大的責任，也坦承身爲勞委會主委也要擔負監督不周之責。她語重心長地說，處理這個抗爭事件，是基於維護勞工人權立場，跟她選不選高雄市長完全沒有關係；這次事件已經嚴重影響台灣的國際形象，勞委會盡力挽救，比救火還要急，「如果這時候還想到選舉，簡直是非常可恥的事！」

陳菊同時透露，將向行政院長自請處分。如果社會要求她負全責，甚至要求她下台，她也會「歡喜擔當」。

八月三十日，那天是星期二，陳菊親自將勞委會「高雄捷運泰勞人權查察專案小組」的正式報告交給行政院長謝長廷，同時準備好自己的書面辭呈。謝揆當時有事，急著先離開，兩人沒辦法詳細討論調查報告的內容，陳菊也不方便在眾目睽睽之下遞交辭呈，於是，她將這份辭呈，交給了行政院祕書長李應元。

對於陳菊的辭呈，曾經拒絕她口頭請辭的謝揆，沉默了好幾天。他既沒有明確表示批准，也沒有退回。

另一方面，在陳菊辭職的過程裡，從頭到尾，陳水扁總統也不曾找過她，或是透過管道表達看法。

准不准辭，答案一直在空中飄盪。

既然提出辭呈，陳菊就不準備接受慰留，隔天的行政院院會，請辭待命的她不再出席，由勞委會副主委賴勁麟代打。勞委會調查小組的報告，也在那一天正式公布。

那天的院會，謝長廷指示，由政務委員許志雄召集成立調查小組，檢討政府機關管理制度與行政責任的問題。儘管行政院解釋，希望釐清行政部門的責任歸屬，仍引發外界對於謝長廷究竟信不信任陳菊的猜測。

謝揆遲遲沒有對陳菊請辭表示態度，陳菊也沒有對外透露，但消息卻傳到高雄市，九月二日由TVBS電視台從高雄獨家報導。幾週之後，在一個私下場合，政院高層人士坦承，這個消息，是有人透露出去了。

陳菊請辭消息走漏，外界有許多政治聯想。政壇盛傳的說法是，有人樂見陳菊的下台早日成眞，並指向後續的政治鋪陳。

直到現在，陳菊依然認爲，陳水扁總統及謝長廷院長，對於高捷泰勞事件並無成見，也沒有預設立場。

政院證實陳菊請辭之後，陳其邁隨即也向外界透露，他早在八月二十八日就向謝揆口頭請辭，三十日提出書面辭呈。

在這樣的情況下，行政院強調將雙雙慰留陳菊與陳其邁，等到許志雄的報告出來，謝揆再作批示。

請辭消息曝光，謝長廷在九月四日找陳菊到官邸懇談，勸她可不可以不要走？但陳菊說，幕僚已經通知媒體要召開記者會，不可能在記者會又說她不要辭了，身為長期的政治工作者，她不可能變來變去。

辭職聲明

九月五日下午兩點，陳菊正式召開記者會，一身淺灰衣著的她數度哽咽，發表辭職聲明。面對許多勞委會的同仁、從各地趕來為她加油的友人哭紅了眼睛，她強忍著不捨，向大家說出「後會有期」。

當時的陳菊其實很想從此去流浪，「對我而言，流浪不是負面字眼，而是心靈的洗滌。我向來隨遇而安，很少替自己人生做有計畫的鋪排，如果我眞正懂得計算，或許應該選擇最完美的時刻、也就是七月一日勞退新制開始實施的時候離開勞委會。」不過，她考慮到勞退新制從零開始，覺得自己責任重大，因而，輕輕滑過了那個可能的完美句點。

責任與不捨，讓陳菊留下來守護她催生的勞退新制上路；同樣的不捨與責任，也讓她決定承受泰勞人權事件引發的非難，毅然離去。從政多年，她的思維當然不能不考慮政治的複雜層面，但她總是努力爲自己保留一點可能的單純本質，「複雜的政商操作，我跟人民一樣毫無興趣，也極其厭倦。」

隔天，陳其邁也召開記者會，宣布辭去代理高雄市長職務。

來台調查高捷泰勞事件的泰國眾議院勞工委員會主席蘋帕（Pimpa Chantharaprasong），事後寫信給陳菊，對她辭職負責表示敬佩。泰國眾議院事後公布的調查報告顯示，泰勞的輸出確有不法，但泰方官員在事件爆發後多方掩蔽資料；他們特別提到，台灣已有陳菊及陳其邁下台負責，失職官員眾多的泰國勞工部卻僅僅處分基層官員，沒有高層官員勇於負責。

研究亞洲政治情勢發展的澳洲學者家博（Dr. Bruce Jacobs），年底到台灣觀選，也給陳菊打了一個電話說，她的辭職，對台灣很重要、對民進黨的幫助很大。

「政治不是表演，你的所作所爲，都會眞正影響到人民，民進黨的執政，必須讓人民能夠理解、讓人民可以認同，所有的事情，人民都看在眼裡。大家眞正關心的，不是你民進黨的人誰上誰下，而是這麼多外勞在受苦，你們有沒有拿出一點眞心、一點辦法？」

任何政黨的靈魂，不是維繫在政權的鞏固，而是理想的執著與實踐。

任何政治人物，永遠不應該忘卻當初熱情從政的本心。因而，陳菊的辭職聲明說，她必須「檢驗理想，承擔責任」：

「從十九歲投入民主運動開始，三十餘年的青春歲月，雖然經歷過壓迫、審判黑牢的種種磨難，我從來沒有退卻。從抗爭到執政，對人權的信仰，是我生命中的核心價值，我始終堅持。」

「作爲一個人權工作者，在擔任主委近兩千多個日子以來，無時不希望透過法令及制度的改革，來提升台灣的勞動人權。身爲勞動者最後的依靠，看到高雄捷運的勞工遭受剝削與傷害，重創了人權的價值，讓我感到痛苦與不安。這些日子以來，每個午夜夢迴時分，我痛切反省、深刻自責。」

「擔任政務官，不應該只是自責，重要的是我必須負責。」

「身爲行政團隊的一員，我必須時時檢視投身民主運動的理想初衷。面對責任，我應該以最謙卑的態度完全承擔，以重建人民對政府的信心。」

「身爲台灣的女兒，台灣的國際形象就如同是父母的顏面，泰勞事件的發生，無疑造成了國家形象受損、讓父母蒙羞，我必須再次向國人及所有的勞動者致歉。」

「事件發生後，外界對於責任的界定或許有不同的看法，相關的行政責任與法律責任還在進行調查當中。但是，對於我來說，身爲人權工作者、身爲內閣的一員、身爲台灣的女兒，我願意坦蕩的面對人民、以最嚴苛標準來要求自己，承擔所有的政治責任，因爲這是三十多年來，我對自己最基本的要求。」

「台灣人民已經用三十年的時間來檢驗陳菊，知道我不是一個複雜的人，外界也不需要以無謂的動機揣測來看待我的決定。我只是基於責任政治的理念，以及自我要求的人權標準，做出應有的決定。」

「我正式宣布自即日起辭去行政院勞工委員會主任委員一職。」

「感謝我所關心的廣大勞工朋友們、原住民朋友、身心障礙朋友，還有勞委會最優秀的文官們，五年多年給予我最溫暖的支持；也衷心感謝陳總統和歷任的行政院長給予我機會，長期的負責勞工行政事務。」

「最後，我必須再次強調，在深切的反省之後，我只是單純回到民主政治責任的原點，辭職以示負責。」

第十二章 翻天覆地，高捷案「司法篇」

高捷案的是是非非，並沒有因爲陳菊主動辭職而畫上休止符。

泰勞遭受壓迫，對陳菊的人權信仰是不可承受之重，所以她毅然負起政治責任。然而，高捷案情節節升高、甚至被導向可能存在重重的政商弊端疑雲，卻是她無從預料，也無法想像的。

最令她意外的是，檢調單位將矛頭指向勞委會的文官，而且還以圖利罪「嫌疑人」的名義傳喚她。爲了證明勞委會同仁的清白，她重新站上火線戰鬥，憤怒反擊敵對的政治勢力。

陳菊的憤怒是有理由的。以其他部會爲例，內政部是治安主管機關，維護治安是歷任內政部長、警政署長的重要目標，但是不可能要求他們任期內不能發生任何案件，如果發生事件，緝捕的也是作案的歹徒，沒有人會因而指控內政部長、警政署長或警員「圖利」罪犯。同樣的，勞委會主管外勞業務，不幸發生雇主虐待外勞的事件，要追究的當然是不人道的雇主而不是去指控勞委會圖利。陳菊認爲，勞委會核准高捷引進外勞並沒有違法，她或承辦人員也沒有收受任何好處，何來所謂的圖利罪？

配合調查釐清事實

十月三十一日上午十時，陳菊接受高捷弊案檢調專案小組約談。提前抵達的她，面對許多等候在那裡的電視台SNG，內心百感交集。「從一九七九年被抓、坐牢六年多以來，我從來沒有再接觸過情治單位。我對情治系統沒有成見，然而，在我的腦海裡，調查局是統治的象徵，縱然政黨輪替，那種迫害感依舊揮之不去。」

「那樣的心情，跟一九七九年的美麗島事件完全不同。當年我入獄，是爲了台灣社會迫切的政治改革聲音，我們跟人民站在一起，很堅定的主張必須開放黨禁、報禁，推動國會全面改選，這是台灣社會很重要的發展。如今，面對高捷泰勞事件，我向來堅持的人權價值受到很大衝擊，因而爲了這個衝擊而決定請辭，這是表現一個政務官的負責；但是，這樣的選擇，並不代表我有任何行政或法律責任。」

「身爲勞委會首長，對於泰勞人權事件當然有監督責任，勞委會的決策也可以經得起任何檢驗。高捷背後有沒有政商弊端，跟我是毫不相干的。今天必須面對這麼大陣仗，我只覺得，這是非常明顯的政治動作。有人藉機想要抹黑打擊我、如同割肉般的政治凌遲，我絕對不會示弱。」

陳菊說，人民非常關心高捷案，但大家期待的是眞相，不是八卦。民意代表的每日一爆、媒體的疏於查證，反而將眞相越推越遠。

那一刻，面對媒體的追問，陳菊回答，第一，她願意配合任何調查來釐清事實眞相；第二，勞委會的外勞決策過程沒有外力介入，她信賴文官的專業，要盡最大可能來證明他們的清白。她強調，高檢署檢察官在十月二十五日就已經約談過她，她都以同樣的態度，詳細說明與勞委會相關的部分，「我不認爲我是嫌疑人，而是關係人。如果我是嫌疑人，這個世間還有什麼公道？」

從法理層面重新檢驗高捷引進外勞的過程，並不是獨立個案，而是台灣外勞政策的「下游」。整個決策過程，牽涉到台灣的經濟及勞工政策，必須抽絲剝繭才能釐清脈絡。面對泛政治爆料淹沒事實眞相，陳菊難免有著「秀才遇到兵」的無奈。

停止公共工程申請引進外勞

故事，其實是從兩千年的總統大選開始。

兩千年總統大選期間，陳水扁陣營提出「阿扁勞動政策白皮書」，針對國民黨的外勞政策多所批判，明確主張每年要減少外勞人數百分之五，也就是一萬五千人。

陳菊上任後，立即宣示要兌現阿扁的承諾。不過，扁陣營很快就發現這幾乎是不可能的任務，因爲許多家庭的小孩或老人需要外籍幫佣照顧，外籍家事管理或監護工人數難以下降，只能限制不要濫用或過度膨脹，企業界對產業外勞的需求也未見減少。由於外界預期扁政府的外勞政策將趨於緊縮，仲介業者搶在新政策實施前大量送件，到了二〇〇一年四月底，台灣的外勞人數不減反增，逼近三十三萬大關。

勞工運動者向來質疑引進外勞減少台灣勞工的工作機會，在野的民進黨也抱持類似思維；然而，執政後，民進黨決策階層不得不承認，進用外勞，有時候是爲台灣多爭取一點時間。在台灣產業轉型的過程裡，有些產業或許遲早要外移，但是如果現階段不設法暫緩外移的速度，台灣勞工將立即喪失更多工作機會。例如染整工廠是紡織業裡很辛苦的一個環節，台灣很少人願意做，若是不設法透過引進外勞等方式補充勞動力，坐視染整產業因爲缺工而外移，它的上下游很可能就跟著移動出去了，反而造成上下游的更多勞工提早失業。

陳菊評估認爲，斧底抽薪之計是減少產業外勞，初步政策決定製造業每年減少百分之五的外勞配額。至於營造業，勞委會主張，公共工程建設應該縮減甚至考慮禁用外勞，陳菊說，「一般企業老闆引進外勞是爲了省錢，公共工程的老闆卻是國家，如果多編列一點勞工薪資預算，就可以保住本國人民的工作機會，政府是責無旁貸的；同時，營造業原本多數是台灣的邊際勞工或原住民，引進外勞確實影響他們的工作機會，勞委會覺得還有努力的空間。」

二〇〇一年四月二十日，勞委會做成決議，五月十日正式公告，基於國內營造業失業比率偏高，將停止重大工程得標業者申請引進外勞，基準日訂爲九十年五月十六日。換句話說，五月十六日以後投標或是訂約的重大工程或BOT興建工程，一定要僱用本國勞工。

依據這項公告的精神，投標或簽約日期在九十年五月十六日之前的重大工程或BOT興建工程，不論何時動工，都不應該受到外勞禁令的限制。然而，BOT興建工程從簽約到動工興建的時程漫長，包括高鐵、高捷、國立海洋生物博物館等工程業者，難免對這項新政策產生疑慮。

高捷公司申請疑義與討論

六月十五日，高雄市政府捷運局副總工程師胡海潮、高捷公司助理副總經理黃清秋等人拜會勞委會職訓局外勞組，希望確認高捷建設案究竟會不會受限？他們認爲，高雄捷運紅橘線路網的建設案，早在八十八年二月就開始招商公告，八十九年五月甄選高捷公司爲最優申請人，九十年一月十二日簽訂興建營運合約及開發合約，這些時間點都在勞委會公告停止外勞申請引進之前，應該不受影響；同時，爲了有效掌控施工進度，他們希望比照台塑六輕案，由高捷公司負責統籌申請引進外勞。

不過，針對高捷能不能引進外勞，高雄市政府勞工局原本與捷運局抱持不同的意見，勞委會也注意到這個現象。經過高雄市政府的內部協調，七月三日，市府終於達成高捷案不適用外勞禁令的共識。

勞委會後來因而決定，如果高雄市政府內部針對高捷計畫補充外勞人力達成共識，就同意由高捷公司統籌申請引進。

就高捷個案的討論，對勞委會而言，是屬於技術層面的，陳菊沒有親自參與，也幾乎沒有什麼印象。幾年之後，高市捷運局與高捷公司北上拜會的這段陳年往事，竟然被牽強附會影射與「有力人士」相關，甚至懷疑勞委會可能「圖利」，實在出乎陳菊的想像。

當時，爲了避免被誤解爲圖利，勞委會內部的討論是相當愼重的。相關官員認爲，這不是個案，應該清楚規範，然後讓類似的BOT能夠通案一體適用。

補充解釋外勞禁令

二〇〇三年六月二十六日，勞委會再度公告，補充說明外勞禁令採取不溯及既往原則，依據信賴保護原則，已辦理招標及履約的重大工程，不受二〇〇一年五月公告規定的影響；經政府單位核准的BOT興建工程，工程總金額在新台幣兩億以上、工期在一年六個月以上、興建工程計畫係依當時外勞政策考量勞動力者，如果BOT得標業者與政府單位簽訂合約時間在九十年五月十六日以前，「得申請聘僱外籍營造工從事營造業工作」。

根據這個公告，勞委會要求BOT得標業者檢附相關合約、計畫，而核算外勞配額上限，也是依據一定的公式來計算。

這段補充解釋BOT興建業者引進外勞權利義務事項的過程，因爲高捷案的爭議，後來產生許多政治聯想，有人甚至質疑是不是政策轉彎。然而，陳菊強調，「決策前，我們思考的，是如何在就業政策與國家建設之間取得平衡。政策公告之後，官員依法行政，絕對不會爲了特定公司進行調整，一切都可以按照法條及規定來檢驗。」

隨著高雄捷運潛盾隧道工程開工，二〇〇三年九月二十四日，高捷公司也行文勞委會，詢問引進外勞事宜。勞委會依據六月的公告認定他們符合通例，同意由高捷公司統籌以雇主身分申請外勞。

針對引進外勞的配額，雙方還有一段小插曲。高捷公司認爲上限是三千八百六十五人，但是勞委會依公式計算，在十二月三日正式函覆高捷公司爲二千六百八十八人；高捷前後兩次申請招募許可，第一次是八百三十名，第二次是一千八百五十八名。外界後來以訛傳訛，指稱高捷公司僅申請數百人、勞委會卻核准兩千多人的錯誤說法，讓相關官員感到啼笑皆非。

勞委會的引進權責

根據勞委會的規定，核算外勞配額的計算基準包括工程總金額、工期等，除此之外，業者究竟要按照本勞或外勞薪資來編列預算、引進外勞是採取直接聘僱或委託仲介，都不是勞委會的權責，而是由業者自行決定。行政院小組的調查報告顯示，在核准高捷公司引進外勞配額的公文裡，勞委會沒有要求高捷必須採取直接聘僱計畫，也沒有要求高捷必須引進哪個國家的外勞。

勞委會向來主張外勞的來源應該多元化，並且鼓勵業者採取國對國的直接聘僱模式以減少外勞的剝削，但若是業者要循仲介公司的管道，勞委會無法強制要求業者聽命行事。在高捷引進外勞的討論過程裡，當時的勞委會副主委郭吉仁曾經詢問，他們是以本勞或外勞的薪資來編列工資？勞委會也曾經建議，可以考慮透過國對國的方式引進。不過，這些討論過程，並沒有辦法約束高捷公司要如何引進外勞。高捷外勞的引進、管理模式，依據現行法令，與其他的外勞雇主一樣，都是由高捷公司自主決定的。

陳菊事後說，「外勞引進跟勞委會有關的部分，就是從投資金額去核定引進多少人，究竟用本勞或外勞去計算工資，並不是審查外勞人數的標準，也跟勞委會的業務無關。高捷要不要以國對國方式引進，這完全是雇主的權利，也不是核定的條件，一切只要符合規定及規範就可以了。」

包括高捷在內的任何公司申請外勞，勞委會都依循相關的規範及計算公式，這些處理流程是相當技術性的，陳菊並沒有特別印象。有些細節，還是在高捷案沸沸揚揚之後，幕僚才將當年的公文調出來重新整理，讓她了解這個案件核准的詳細流程。陳菊認爲，證據會說話，相關外勞決策不受外力影響是無庸置疑的，她也堅信勞委會文官的專業與清白沒有問題。

無法接受的罪名

事實上，早在高捷檢調專案小組約談之前，高檢署檢察官已經祕密傳喚陳菊以證人的身分說明。那天是十月二十五日，她與檢察官長談兩個多小時，除了提供勞委會相關公文，詳細說明整個決策流程，針對檢察官詢問所謂「有力人士」是誰，她也將「大話新聞」訪問實錄給他們看，澄清被斷章取義或扭曲的部分。

陳菊原本以爲，當天的溝通已經充分釐清事實眞相。不料，事後卻傳出不利的訊息。

據說，檢調內部爲了要不要再度約談陳菊，爭辯一個多小時。有人認爲勞委會同意高捷引進外勞的決策過程已經明朗了，但高雄地檢署及調查局系統抱持不同見解，他們對於泰勞解凍、高捷以本勞薪資編列預算卻聘用外勞等轉折還有疑問，堅持再度傳喚陳菊。

然而，檢調專案小組發出來的傳票，竟然是圖利案件「嫌疑人」，向來珍惜羽毛的陳菊完全無法接受。她堅信，勞委會的決策過程沒有不可告人之處，而且檢調單位偵查兩個月，並沒有查到任何一分錢流向勞委會的官員，天曉得「圖利」的罪名從何而來？

以「嫌疑人」名義傳喚陳菊的訊息，提早在媒體曝光，也讓綠營感到不解。

陳菊很想跳出來高聲抗議。爲了維護台灣的外交尊嚴，她上任以來，多次與泰國、越南等外勞來源國周旋交涉，種種的祕辛與波折，她都深埋在心底，如今居然遭受政治謠言中傷，「爲了政治目的，可以隨意去扭曲、隨意去操作，這樣的惡鬥、這樣的媒體環境，像我們這樣長期努力的人，眞的是捶心肝。」

事實上，台越雙方互動頻繁，除了台商在當地有不少投資，眾多越籍配偶與台灣人通婚，也讓越南成爲「新台灣之子的外婆家」。針對越勞的引進，台越早在一九九九年五月就簽署勞務協定，越南成爲第一個同意對台實施直接聘僱外勞制度的國家；二〇〇一年，陳菊曾經密訪越南，二〇〇三年也正式率團到越南訪問。

台泰關係的發展則是一波三折，懼於中共壓力的泰國政府，二〇〇二年八月出爾反爾臨時取消邀請陳菊訪泰的行程，勞委會還以「軟性凍結泰勞」回敬，幾個月後，終於迫使泰方讓步，在同年十二月二日正式與我國簽署協定。維護國家利益與外勞權益的折衝交涉，陳菊點滴在心頭。

力挺文官專業與清白

十月二十八日，已經約談前勞委會副主委郭吉仁的高捷專案調查小組，傳喚勞委會職訓局副局長孫碧霞、主祕王幼玲、科長林佑生、外勞組長廖爲仁、副組長劉興台、承辦員洪一男。結果，洪一男及劉興台分別以十五萬及十萬元交保，名義是「涉嫌圖利高捷公司」；未具名的專案小組成員向媒體指出，洪一男與劉興台涉嫌《貪汙治罪條例》的圖利罪，懷疑他們簽辦文件方便高捷公司引進外勞，有圖利業者之嫌。

前高雄市勞工局長方來進，也被檢察官以圖利罪起訴。檢察官的理由是，方來進以不實內容的函文回覆勞委會，使勞委會解除凍結高捷公司引進外勞，讓高捷公司得以引進一千八百多名外勞，圖利高捷、華磐公司九千二百多萬及一千八百多萬元。然而，法院卻不認同檢察官的見解，而在二〇〇六年八月十四日宣判方來進無罪。

方來進和勞委會官員被起訴的理由幾乎一模一樣。如果方來進無罪，那麼勞委會這些官員也應該只是一場無妄之災。但是，陳菊還是很心疼勞委會的文官遭到池魚之殃，「他們不屬於任何政黨，既沒有查到貪汙任何一分錢、也不是因爲私人不法被抓到，可以這樣胡搞他們嗎？我們的專業文官何其孤單，我當然要捍衛他們！」

陳菊力挺勞委會文官，來自於五年來的共事與了解。「民進黨的執政過程裡，要帶領許多文官共同努力。國民黨執政時期，文官必須入黨才能升到特定的職務，所以當時的文官有九成加入國民黨，他們雖然是國民黨員，並不代表他們的作爲『國民黨化』，我們應該重視他們的專業，讓專業的人在各部會有所發揮，同時讓他們了解民進黨執政的堅持、核心的價值。」

「我的信念，就是應該讓文官中立，透過決策過程了解民進黨執政的價值。我從來沒有因爲遇到壓力，就逼迫文官改變或放棄。如果文官依法行政卻面臨壓力，這樣的壓力，應該由我來承擔。」

偵訊內容

接受高捷弊案檢調專案小組偵訊前，陳菊告訴律師跟新潮流總召集人段宜康，如果檢方偵訊之後，還要以嫌疑人名義將她交保，她將拒絕交保，「乾脆讓他們去關」，因爲這樣的處理太違反事實了。「約談本來是應該的，但我沒有牽涉到任何利益問題，不能容忍任何政治打壓。就像台語那句話，『黑狗偷吃、白狗遭殃』，這是什麼道理、什麼世界，我絕對不可能默默承受。」

「人的清白，可以隨便被羅織嗎？勞委會當然希望保障本國勞工權益，如果高捷要僱用本勞，我們歡迎都來不及。今天因爲BOT通案規範准許高捷引進外勞，預算怎麼編、最後用多少錢聘僱，只要合乎基本的工資規範，勞委會根本不必過問，也無權干涉的。」

「如果高捷公司的執行過程出問題，就應該去查執行層面才對。如果檢調懷疑這個過程有人圖利，也應該說清楚圖利的事實在哪裡？證據在哪裡？這跟勞委會有什麼關係？跟圖利有什麼關係？」

陳菊接受偵訊，從上午十點開始，到晚上快九點才結束，外界因而懷疑，案情可能非常複雜了。新潮流辦公室也驚訝不已，洪奇昌等人在下午就緊急趕赴高雄待命。

陳菊回憶，當天先接受調查局約談，整個過程裡，調查員拿著《採購法》、《六法全書》、《大法官會議解釋》、勞委會提供給檢調單位的公文，反覆詢問爲什麼高捷用本勞的薪資編列預算卻聘僱外勞？這樣做有沒有違法？勞委會爲什麼要同意？

她當時強調，首長做政策性的決定、公務人員依法行政，副主委郭吉仁本身是法律人，高捷申請外勞的討論過程裡，法規會也充分扮演法律顧問的角色，他們都認爲沒有問題，她當然信賴並且認同他們的見解。「如果認爲有圖利，要告訴我們圖利在哪裡？在這個事件裡，由勞委會決定的是高捷依法可以引進多少外勞，若是工資價格有落差、落在私人口袋或公司裡，那是屬於高捷公司執行的問題，並不是勞委會的權責。」

調查局當天的訊問過程，就是在各種細節繞來繞去。律師事後對陳菊說，他們對那些法律專有名詞的解釋問題追根究底，比她要去考法律研究所還困難。

調查局偵訊時，陳菊並沒有遭受嚴厲的對待。她說，其實就是幾個問題而已，拖延偵訊分明是「內行人的手法」，因爲拖得越久，外界解讀空間越大。整個過程，調查人員就是請她看看法條、看看公文、再三反覆說明，每小時休息十分鐘，中午再休息一小時。

對於「有力人士」的傳聞，檢察官很感興趣，認爲高捷案確實存在有力人士。陳菊當場再度說明，在三立「大話新聞」的對話過程是，媒體一直認定有「有力人士」，但她當時確實不知道內情；以她對仲介生態的了解，仲介業者哪個不是「生毛帶角」，能夠向高捷公司承攬一兩千個外勞名額的業者，必然有幾把刷子，背後想必存在相當的勢力，至於究竟是什麼樣的勢力，跟勞委會的職權無關，她也眞的不清楚。

就這樣，檢察官問了幾個主要的決策過程，然後說，「太晚了，你該回去了。」陳菊愣了一下，心裡還想，啊，這樣就結束了？

檢方事後的說法認爲，陳菊是決策首長，對引進高捷外勞簽辦過程的技術問題可能不知情。同一天被以嫌疑人身分傳訊的，還有前勞委會主祕賀端蕃、勞委會勞動條件處長陳益民、職訓局長郭芳煜，訊後也都全部飭回。

反擊爆料

當天晚上十點，陳菊在高雄國賓飯店舉行記者會說明整個經過。然而，隔天的《聯合報》，以斗大的頭條報導「勞委會疑圖利高捷近二十億」。

看到這樣的報導，陳菊簡直難以置信，立刻跳了起來。她覺得，自己的說明已經很清楚，足以證明勞委會沒有圖利嫌疑了，爲什麼還會有自居「深喉嚨」的不具名人士向媒體信口開河？

後來，又有媒體報導，高雄市調處將依《貪汙治罪條例》罪嫌將陳菊等人函送法辦。無黨籍立委邱毅則是緊咬陳菊，點名要求她說明，九十年六月十五日是哪位「有力人士」陪同高雄市捷運局及高捷公司的人到她的辦公室施壓？

面對影射勞委會「圖利」的不實傳聞，陳菊決定正面還擊。新潮流辦公室也認爲，這麼多的謠言太不尋常了，絕對不能沉默以對。

對於邱毅的天外飛來一筆，陳菊只覺得可笑。這是好幾年前的事了，幸而，她歷年的行程資料都由祕書存檔，保存在弟弟家裡，她馬上打電話給弟弟，要他想辦法找出來。調出行事曆一看，九十年六月十五日當天，她有三個重要行程，根本與高捷無關；後來再問職訓局，找到高捷局跟高捷公司當初有一個公函給政院勞委會，表示六月十五日要去拜訪。

這份公函，後來到了檢調單位手裡。陳菊研判，可能是調查局的人給了邱毅，邱毅認定當天捷運公司來拜訪勞委會一定有什麼蹊蹺，所以繪聲繪影刻意誇大。「他們根本不曉得，在勞委會業務裡，這是一件很小的事情，根本不需要到我那裡，我也不會知道。就是外勞組組長跟他們見面而已，跟什麼有力人士一點關係也沒有。」

十一月二日下午，陳菊在台大校友會館召開記者會高分貝抗議，新潮流系全力聲援。她指出，高捷引進外勞完全依程序辦理，「申請廠商聘僱外勞的人事成本分析，不是勞委會應審查事項」，所謂勞委會涉嫌「圖利」高捷二十億的說法，完全是子虛烏有。

陳菊強調，核准高捷引進外勞都是依法辦理，既無政策急轉彎，也沒有關說或施壓。她質疑，這些抹黑的報導，消息來源都指向高雄市調處，公然違法洩密、違反偵查不公開原則，對媒體選擇性爆料、誤導媒體，以「圖利」說法汙衊她與勞委會，根本是莫須有的指控，對她進行「人格謀殺」，她將「以生命捍衛人格尊嚴，因為沒有什麼比清白更重要」。

陳菊激動表示，「我不允許郭吉仁、賀端蕃跟我的人格，被這樣汙辱、踐踏。我們都不是複雜的人，是就是、非就非。指控的人，證據何在？爲了人格清白，我絕不沉默、絕不屈服。」

針對邱毅的點名，她拿出行事曆說，感謝祕書保留六月十五日那天的行程，「請邱毅先生趕快公布當天有什麼人來找我，請盡快公開，不要抹黑。」

後來邱毅對此事完全絕口不提，好像他從沒說過這件事一樣。

除了新潮流系力挺，分屬正義連線、福利國連線、綠色友誼連線的立委高志鵬、徐國勇、黃劍輝，也隨即聯合出面聲援陳菊。

檢調後來則分別澄清，並沒有將陳菊函送法辦或列爲被告。

感慨痛心

儘管如此，勞委會被影射可能「圖利」的過程，至今仍讓陳菊氣憤難平。她感慨，與郭吉仁、老賀在勞工運動攜手合作多年，人民檢驗他們超過三十年了，還被人任意抹黑，這樣的台灣社會究竟是怎麼了？

「我有兩種心情，第一是如果我今天還在勞委會，不會讓我的文官感到孤單，因爲他們既未貪汙，也沒有牽涉到任何利益，認眞打拚的文官發生事情，卻沒有人相挺，讓他們似乎如此孤獨、沒有得到支持，對民進黨的執政是一個損失。」

「第二，從台北市政府到現在，我的執政是很嚴肅、負責任的。今天因爲高雄發生外勞事件，作爲主管外勞事務的單位首長，我必須重新踏入調查局，看到媒體那麼大的陣仗，好像我眞的是罪犯，內心眞的感觸很多，整個過程像是被凌遲般的痛苦。」

「像《聯合報》用那麼大的篇幅報導說『疑有圖利』，卻講不出個所以然來，對我們公平嗎？二十億究竟怎麼算出來的，至今我還找不到答案。引進外勞的政策，執行層面很瑣碎複雜，一般人民並不容易理解，看到那種標題，很可能產生先入爲主的錯誤印象了，彷彿再怎麼解釋也很難說清楚，這個過程其實是很痛苦的。」

反感政治惡鬥

然而，匿名人士藉媒體放話造成的傷害，並沒有結束。十一月四日，《中國時報》報導，與陳水扁、陳菊友好的總統府國策顧問陳旺來，曾經在八月上旬與陳菊餐敘，席間談到陳旺來公司外勞配額問題，並且指稱陳菊在高雄中山大學念研究所時，就住在陳旺來家裡。

這項報導的消息來源都是匿名的，事後追查，指向長年與陳菊敵對的藍營立委。陳菊完全無法理解的是，她在《中時》查證的時候，都已經很明確澄清了，結果報紙將匿名指控登得大大的，她的說明刊得小小的，「完全不管事實是什麼，這就是所謂的平衡嗎？」

陳菊指出，高捷泰勞早就依法引進了，怎麼可能到了九十四年八月還在談配額？那已經是泰勞暴動前夕，時間點根本兜不攏。

陳菊也說明，她北上擔任勞委會主委，每週南下住在高雄的自己家裡，根本不必借住別人家的房子。

「明知道不是事實，還可以刻意炒作，社會居然可以容許作假的爆料存在嗎？不在乎事實，只有政治立場，這樣的做法公平嗎？難怪有人說，媒體殺人！台灣不曉得有多少人，就是在媒體的惡意之下遭受傷害。」

「如果是事實，當然可以揭發，不是事實就應該提供公平的說明機會，這種要求很過分嗎？編得這麼離譜，事後證明完全是憑空揑造，卻沒有看到傳播謠言的人表達過任何歉意。」

陳菊說，這樣的抹黑，傷害不了她，因爲事實就是事實，假的眞不了、眞的假不了，但對方就是故意要踹她幾腳、誤導社會的認知，這樣的政治生態、媒體文化，讓她無法釋懷。「台灣的政治演變到現在，好像每個人都把對方當成假想敵，故意要陷害、醜化你，即使不是事實也毫不在乎。如果不是潔身自愛、隨時提防注意暗箭，幾乎是不可能生存下去的。」

「這個過程，讓我的感受很深。政治走了三十幾年，沒有一個階段可以掉以輕心。每個階段，你的政敵隨時都會設下陷阱，期待你踩空了，直直掉下去。」

「國民黨高壓統治時代，在恐懼、受苦之中，民主逐漸成長。現在民進黨執政了，當初那群壓迫者依然振振有詞，彷彿所有的迫害、對人權的踐踏，跟他們從來沒有什麼關係，這在台灣社會居然是可以存在的。所謂民主轉型的正義，在台灣從來沒有被認眞看待，價值的混淆，莫過於此。」

「這樣的現象，在某種程度上，當然令我感覺到傷心無力。我絕對不會因爲無力感就放棄，如果輕言放棄，陳菊也就不會是陳菊了，但是，在這個過程之中，其實經常覺得蠻孤單的。爲什麼有些人可以這麼不負責任、這樣信口開河？不願以其人之道還治其人之身的人們，可以做些什麼？善良厚道的人，難道就注定吃虧？敢於白賊、譁眾取寵的人就注定占上風？這樣的社會，難道不應該調整嗎？」

「我們要給下一代什麼樣的社會？每個人的子女，究竟要在一個比較中道、和平的環境之中成長，還是要放任現在的亂象惡化下去？」

高捷案對陳菊的考驗，或許還沒有結束，因為有政治就有鬥爭，有選舉就有無所不用其極的抹黑，那些不知道躲藏在哪個角落的暗箭，可能無關乎事實、無關乎高捷、甚至無關乎陳菊自己。

她必須隨時做好準備，面對所有的挑釁與挑戰。

後記

二〇〇六年九月十五日，就在本書脫稿付梓前夕，高捷泰勞案勞委會職訓局部分由高雄地方法院正式宣判，以無違反法律圖利之事實為由，宣判無罪。司法證明了勞委會在受理外勞申請上並無外傳的圖利情節，司法也終於還給陳菊最為掛念的職訓局四位基層文官清白。

然而，司法是還人清白了，可是這一年多來政客媒體操弄下的繪聲繪影，所加諸於當事人及陳菊身心的創傷，又得到誰的平反呢？

台灣的民主是初步建立了，但民主的內涵在哪呢？

相信，這是所有這塊土地上有志於公務事務者，都應共同深刻反省的問題……

餘韻

陳菊很少為自己的人生做有計畫的鋪排。

在政治上，這一生，她只做了一次抉擇，而且從未改變。

然而，走上反對運動之路的這個抉擇，讓她從此放棄許許多多可能的選項。包括感情、婚姻，種種青春浪漫的權利。

披著大大的圍巾、戴著色彩豐富的琉璃珠、蒐集切．格瓦拉海報、喜歡在旅程撿拾毬果的她，其實有著一顆柔軟的心。但是，她將所有感情世界的心動，都埋藏在記憶深處。

謹慎節制的生活，讓陳菊的名字鮮少在工作以外的領域與男性聯想在一起。退出民進黨的前主席施明德稱呼她為「我的老妹」，在反對運動的陣營裡，兄妹之情的相處，永遠是她最為自在的模式。

外界僅有的印象是，她在美麗島事件的牢獄寫下遺書，曾經提及「我的墓碑文字，請司馬文武親撰。」但她後來說，「司馬給我的是思想上的開導，因為許多好朋友幾乎同時被捕，在面對偵訊的無助時刻，自然想交代他為我做最後的協助，這是人之常情，也是江湖道義。」關鍵的時刻，她也有幾位討論生涯規劃的知己。不過，避談感情的她，總是表現得如同絕緣體。

有人形容，陳菊是「嫁給台灣的女子」。她則往往微微笑著說，「我並不是沒有追求，只是我的人生在這個部分欠缺幸運。」

「我的感情機會一直很不好。從二十歲開始，我所做的工作與周遭的環境，就跟一般女孩子不一樣。我在恐懼牽掛之中長大，從來不曾享受沒有負擔的青春，這是別人所沒有辦法了解的。我非常早熟，十幾歲的心情，就像四十幾歲的中年，所以一般人不容易與我的心靈共鳴，他們大概會覺得，這個女孩子太特殊了吧，隨時都有著高度的危險，不知道你的未來會變成怎麼樣？」

能夠讓陳菊心動的首要條件，是內心世界豐富的人。「我欣賞的人，一定對台灣充滿熱情，對這塊土地有熱愛，他不見得多麼有文采，但至少要能夠理解我的世界。我不是追求政治權力的人，但我的人生歷程，會讓我對許多理想有高度的堅持，台灣的男性要找到能夠有這樣的生命經驗，大概蠻少的。我不能說，在這個過程裡沒有讓我心動的人，也許有，但人生的境遇就是如此，有時候好像晚了那麼一些，或者擦身而過了。」

陳菊的父母曾經擔心，像她這樣投身政治的特殊女子，以後老了該怎麼辦呢？她也等待過，或許有一天終會出現生命的綠光。但是，如今她覺得看淡也無妨了，「就像以前還希望有墓誌銘，現在覺得沒有這些形式也無所謂。走過了就好，記得也好，忘記也沒有關係。如果有人曾經記得我們用一輩子的努力所做的事，這將讓我很感動；如果大家忘記它、漠視它，也沒有關係，因爲這些努力都是基於我們的良心、基於我們的熱忱而自願去做的。」

「感情的事情，只有自己最了解，這個部分的傷痕，只有你自己最清楚，因爲感情不能勉強，有些時候甚至無法跟別人訴說。其實，後來想想，每個階段、每個階段，跟你最契合的類型也會有所不同，年輕的時候、中年的時候，每個人在心中都會有一個占據重要位置的人。不過，人生有很多無奈，面臨感情的機緣不夠，也不必怨嘆。」

「我歷經許多事，除非跟我有相同生命經歷的人，才能眞正體會、才會互相珍惜，基本上，要找到這樣的人，太難太難了。人到中年的心境，都有點蒼茫、蒼涼，痛苦的時候，我也難免想要退縮，比如住到原住民部落去，種菜看書，安度餘生。當我受到許多耳語打擊，或者外在環境的變遷與想像落差太大，也會想到，如果有思維相同、可以理解這些的人在身邊，當然是人生莫大的幸福。」

「不過，人生很難都這麼圓滿，可能上帝對我的情感沒有很好的安排。我曾經追求，也曾經期待，但總是沒有那麼幸運。」

或許，陳菊的情感道路，如同她實踐政治理想的過程那樣曲折漫長。但此刻的她並不感覺孤獨，因爲生命的故事可以有許多種筆法，從當年抉擇的那個開端，她已然爲自己寫下豐富的篇章。

People 5

INK PUBLISHING

陳菊・台灣菊——台灣最後的情義

作　　者　張麗伽
總 編 輯　初安民
責任編輯　尹蓓芳
美術編輯　許秋山
校　　對　尹蓓芳　張麗伽

發 行 人　張書銘
出　　版　INK印刻出版有限公司
台北縣中和市中正路800號13樓之3
電話：02-22281626
傳真：02-22281598
e-mail:ink.book@msa.hinet.net
法律顧問　林春金律師

總 代 理　成陽出版股份有限公司
業務部／訂書電話：02-22256562　訂書傳真：02-22258783
訂書地址：台北縣中和市中正路800號11樓之2
e-mail：rspubl@sudu.cc
網址：舒讀網http://www.sudu.cc
物流部／電話：03-3589000　傳真：03-3581688
退書地址：桃園市春日路1490號
郵政劃撥　19000691 成陽出版股份有限公司
門市地址　106台北市新生南路三段96-4號1樓
門市電話　02-23631407
印　　刷　海王印刷事業股份有限公司

出版日期　2006年 10 月 初版
ISBN　978-986-7108-73-9
986-7108-73-6

定價　240元

國家圖書館出版品預行編目資料

陳菊・台灣菊——台灣最後的情義
／張麗伽 著.－－初版，
－－臺北縣中和市：INK印刻，
2006〔民95〕面；　公分（People；5）

ISBN 986-7108-73-6（平裝）

782.886　　95015611

INK

INK